Harald Hurst

Vergeß den Vogel

Harald Hurst

1945 in Buchen geboren, hat keinen still dahinfließenden Lebenslauf zustande gebracht. Aufgewachsen im zerbombten Karlsruhe, im „Dörfle". Von dort stammt seine Sprache. Als Moses zur See gefahren. Um einige Illusionen erleichtert, aber muskulöser und drastisch aufgeklärt zurückgekommen. Manche Lehrer an weiterbildenden Schulen zur Verzweiflung gebracht. Verschiedene Tätigkeiten zum Broterwerb. Bis 1968 ein kurioses Abitur als sogenannter Schulfremder gelingt. Ausgedehntes und turbulentes Studium der Romanistik und Anglistik in Heidelberg und Mannheim. Nach dem Examen keine Übernahme in den Schuldienst. Seit 1980 freier Schriftsteller und ab und zu Journalist.

Preise und Auszeichnungen:

Einige Mundartpreise

Stipendiat der Kunststiftung Baden-Württemberg

Stipendium des Ministeriums für Kunst und Wissenschaft

Thaddäus-Troll-Preis

Harald Hurst

Vergeß den Vogel

Geschichten und Gedichte

G. Braun

für Pablo

G.BRAUN BUCHVERLAG

Umschlagfoto: Dirk Lakomy
Gestaltung: Robert Dreikluft

Die Deutsche Bibliothek – CIP-Einheitsaufnahme

Hurst, Harald:
Vergeß den Vogel : Geschichten und Gedichte / Harald Hurst. –
Karlsruhe : Braun, 1998
ISBN 3-7650-8196-5

Inhalt

Dichter, was nun?

Spuren verschütteter geistiger Getränke auf dem Papier. Bewußtseinserweiternde Drogenreste. Erste Gedichte in tanzenden Buchstaben. Pica-Normalschrift. Die g-Schlaufen dreckgefüllt, blasse und überfette Lettern. Viele Ausrufezeichen, zornig durchs Papier geschlagen. Vor etwa fünfzehn Jahren unter starkem Genie-Selbstverdacht und in spätnächtlichen, rotweingestützten Schaffensräuschen in die verbogene Mechanik der gußeisernen Alpina gehämmert, einer geduldigen, robusten Maschine, die ich kürzlich in einem Anfall pietätloser Entsorgungswut zum Sperrmüll gestellt habe.

Ich blättere im Frühwerk des damals fünfunddreißigjährigen Lehrers ohne Anstellung, der in der 180-Mark-Bude einer versifften Wohngemeinschaft am Karlsruher Stadtrand als linker Bohemien gegen den Amoklauf anschreibt. Solidaritätsselige Texte in Agit-Prop-Manier, eine schwerölige Mixtur aus imaginiertem Proletenschweiß, Brecht und Avanti Popolo, dazu ein Schuß Degenhardtscher Pflaumenbaumpoesie. Viel eingerührtes Moralin, Sentimentalität und Aufbruchspathos Richtung Morgenröte einer besseren Welt. Schnell verderbliche Zutaten in der Literatur. Ich überfliege peinlich berührt mein politisches Schrifttum, bis mir der Geduldsfaden reißt. Das Bündel meiner Littérature engagée plumpst mit dem dumpfen Schlag der Gegenstandslosigkeit auf den Teppichboden.

Ich greife zu den eher privaten Erstergüssen. Ein gutes Kilo Betroffenheitslyrik mit dem Übertitel „Brachland“. Ich erinnere mich meiner schöpferischen Hochstimmung nach dieser Titelfindung. Mit vor Ergriffenheit feuchten Augen bin ich, genialisch umgetrieben, zwischen Waschbecken und Fenster mit Weinglas und Zigarette hin und her gependelt, überzeugt, mich mit meinem Brachland-Zyklus in der modernen Lyrik etabliert zu haben. Bis der ungebildete Mieter der unteren Wohnung mit dem Besen an seine Decke geklopft hat, um mich zu erinnern, daß es schon halb drei war und ich im übrigen noch keinen Verlag gefunden hatte.

Zwischen den Ordnerdeckeln stöbere ich nach Haltbarem aus jener Zeit. Allenthalben aber schwitzt ein dichterischer Ehrgeiz aus den Zeilen. Die reich verzierte Prunkkarosse der Sprache transportiert einen Brühwürfel an Sinn. Ein graues Bröckelchen Sublimat aus Weltschmerz und zivilisatorischem Leiden, das aus der Distanz nur noch wehleidig klingt. Die Träne quillt und tropft nur auf den Bauchnabel des Dichters.

Mein Gott. Hätte ich so weitergeschrieben, ich wäre den germanistischen Tiefsinnbastlern unter die Seziermesser geraten oder hätte mich fürs Sozialamt qualifiziert. Möglicherweise beides. In der Branche kann man durchaus namhaft am Hungertuch nagen. Um in die Künstlersozialkasse aufgenommen zu werden, muß ein jährliches Mindesteinkommen von 6500 DM vorausgeschätzt werden. Bei solchen Realeinkünften wäre durch Auszehrung der übrigen Körperaggregate vermutlich nur noch eine dämmerige Kopfarbeit möglich. Es sei denn, man verfügte über ein halbes Lehrerdeputat. Oder man hätte eine verständnisvolle Lebensgefährtin in gesicherter Position an seiner

Seite. Eine Beamtin im Sozialbereich wäre gewissermaßen die Traumfrau des freien Schriftstellers. Ach, wie könnte er dann, von fehlender Leserschaft gänzlich unberührt, experimentell ins Himmelsblau dichten! Zeitlebens dürfte er an seine Berufung und sein Talent glauben, keinen schnöden Marktmechanismen unterworfen.

Aber es ist in diesem Metier ohnehin üblich, schlechte Geschäftsgänge der mangelnden Sensibilität des Publikums anzulasten und als Beweis der eigenen Innovativkraft zu deuten. Man wettert gegen den undurchsichtigen Literaturbetrieb, verfällt in kulturpessimistisches Grübeln, während man sich mit der Gewißheit postumer Würdigung schadlos hält. Man muß es sich freilich leisten können, seinen Erfolg ins Jenseits zu verschieben.

Als ich 83 durch den Beitritt in die Künstlersozialkasse zum Wortkünstler werde, kann ich das nicht. Die irdischen Zahlungsfristen sind kurz, und auf den Nachruhm gibt es keinen Honorarvorschuß. Meine Traumfrau hatte, frisch verbeamtet, die Flucht ergriffen und war zu mäzenatischem Wirken in meiner Sache verständlicherweise nicht mehr bereit. In einem bedauernden Schreiben des Oberschulamtes wurde mir zudem mitgeteilt, man habe derzeit leider keine Verwendung für mich, wünsche mir aber Glück für den weiteren Lebensweg.

Ein Delikt, das ich gerne begehe

Was nun, Dichter? Angehöriger einer seltsamen Berufsgruppe, deren Generalstreik vermutlich keine Wirkung hätte. Du stellst etwas her, was zunächst keiner braucht. Geschichten, Gedichte. Du mußt dir deine Kundschaft irgendwie erschreiben. Lange kannst du dir den unsichtbaren Vermerk „Empfänger unbekannt" auf deinen belletristischen Erzeugnissen nicht erlauben. Existentielle Randerfahrungen sind stilprägend. Ich habe meine literarische Produktion kurz vor dem Bankrott meiner Ein-Mann-Firma umgestellt. Ich hatte begriffen, daß die Leute weder zu Lesungen kommen noch Bücher kaufen, um sich von meiner Sprachkompetenz zu überzeugen und sich dabei noch in meine düstere Gemütslage bugsieren zu lassen.

Kurzum, ich habe versucht, unterhaltsam zu schreiben, was in der deutschen Großkritiker-Literatur einer Strafversetzung in den Kleinkunstbereich gleichkommt. Kürzlich fand ich mich in einer Zeitung als „Mundartkabarettist" bezeichnet. Ich bin einverstanden. Die Erzeugung von Heiterkeit und Lachen bei Publikum und Lesern ist ein Delikt, das ich gern begehe.

Stille(s) Wasser

Inzwischen liegen einige hundert Veranstaltungen hinter mir, die zum Glück nur noch wenig mit herkömmlichen Lesungen gemeinsam haben. Ich habe das Wort „Lesung" nie gemocht, weil es so langweilig ereignislos klingt, daß es mit dem ähnlich blassen Zeitwort „stattfinden" verbunden fast einen Zustand ergibt. Die Ankündigung „findet eine Lesung statt" löst bei den meisten Menschen eher Schläfrigkeit aus als den Wunsch hinzugehen.

Normalerweise passiert dort auch nicht viel. An einem Tischchen sitzt ein äußerlich wenig attraktiver, vom kreativen Überlebenskampf gezeichneter Autor und liest halt vor, was er so geschrieben hat. Man könnte es auch zuhause selbst lesen. Dort hätte man es bequemer, könnte unterbrechen, ein Bier aus dem Kühlschrank holen. Der Autor nippt ab und zu an einem Glas Mineralwasser, um seine Artikulationsorgane zu befeuchten. Stilles Wasser. Ein Schluckauf durch Kohlensäure wäre nicht der passende Event zu seiner Literatur. Alles schaut zu, wie der

Autor trinkt und behutsam sein Glas zurückstellt. Er wirft einen Blick auf seine Armbanduhr, die auf dem Tisch neben den Manuskripten liegt. Das überwiegend weibliche Publikum, sagen wir zwölf Personen, das Bibliothekspersonal und den Volontär der Lokalzeitung mitgerechnet, vollzieht den Blick verstohlen nach. Es wäre genug, bedeutungsschwer fällt endlich der letzte Satz. Der Lesende schließt mit fast liturgischer Feierlichkeit sein Buch und blickt über den Brillenrand in die Zuhörerschaft. Ratlose, sich ärgerlich zuspitzende Stille, die der Autor als andächtig deutet und die ihn zu der schüchternen Frage nebst mitgereichter Antwort veranlaßt: „Möchten Sie noch etwas hören? – Aber gern!“ Das taktvolle Schweigen des Publikums hat einen lyrischen Nachschlag zur Folge. Der Beifall am Ende klingt anerkennend und erleichtert. Bücher werden signiert. Gedämpftes Sprechen. Dann zerstreut sich die Zuhörerschaft unter allen Anzeichen sich lösender Bedürfnisspannung in die örtliche Gastronomie.

Doppelt gemoppelt

Der Versuch, dem reinen Dichterwort Gehör zu verschaffen, treibt immer groteskere Blüten der Verzweiflung. Event-Literatur. Das Schlagwort bezeichnet keine Gattung, keinen Stil des Schreibens, sondern ein marktstrategisches Konzept. Nichts dagegen zu sagen, solange die Verpackung den Inhalt nicht zum Beiwerk macht.

Bei den baden-württembergischen Literaturtagen in Heilbronn liest Werner Dürrson seine Höhlengedichte im feuchtkalten Felsgewölbe eines stillgelegten Salzbergwerks, zweihundert Meter unter der Erde. Nur eine kleine Zuhörerschaft in Bergmannskluft ist bereit, dem wackeren Poeten fröstelnd im Förderkorb unter Tage ins unwirtliche Gestein zu folgen. Zumal oben eine milde Spätsommersonne durch die Hemden schmeichelt und mit ihrem Altgoldglanz sogar Heilbronn verzaubert. In einem Straßencafé der Fußgängerzone trinke ich ein Viertel Weißwein, der von den umgebenden Hängen stammt. Ein ungefälliger grundehrlicher Haustrunk, der zum Hockenbleiben verführt. Ich habe Zeit. Meinen Kittel habe ich über die Stuhllehne geworfen. Als ein sogenannter „Dichter auf der Couch" warte ich bei bester Befindlichkeit auf die Abendessenszeit meiner Gastfamilie. Ich stelle mir vor, Werner Dürrson säße mir gegenüber und lese mir aus seinen Höhlengedichten vor. Es wäre ein sehr reizvoller Kontrast.

Tags drauf sehe ich sein Bild in der Zeitung. Der zarte Mann liest mit einem Grubenhelm auf dem Kopf, die Lampe vor der Stirn, im elektrischen Lichtschein der Unterwelt gegen die urgewaltige Übermacht der Natur an. Man ahnt das vergebliche Verhallen der Worte. Die Dürrsonsche Lyrik ist von einer wortwägenden Präzision und einer Art Schönheit, die auf ihrer Eigenwirkung bestehen muß. In den Schächten der Wirklichkeit holen sich Autor und Publikum bestenfalls einen Schnupfen. Bei Lokalterminen als literarische Geschmacksverstärker ist generell Vorsicht geboten. Etwa aus dem gleichen Grund, aus dem man zu Pommes frites keine Bratkartoffeln bestellt.

Zwischen Weinen und Lachen

Als mit allen Publikumswassern gewaschener, ambulanter Wörtermacher, Geschichtenerzähler und erfahrener, bisweilen leidgeprüfter Event-Literat weiß ich eins gewiß: Egal, wo man wie liest, ob als Salzkumpel im Bergwerksstollen, mit Kapitänsmütze auf einem Ausflugsdampfer, von mir aus in Aeronautenuniform per Funk aus einem Fesselballon oder wie ich, bevorzugt im Straßenanzug an sicheren, bewirtschafteten Orten – das eigentliche Ereignis, der

Basic-Event, beim Vorlesen von Texten muß sich als unmittelbare Reaktion auf den Gesichtern des Publikums abspielen. Zumindest als Ausdruck gespannter Aufmerksamkeit. Dann ist zwischen Lachen und Weinen alles möglich.

Manchmal trete ich auf – die Formulierung verrät meine teilweise Desertion ins literarische Entertainment – mit einem elsässischen Freund und Kollegen. René Egles ist Musikant, Liedermacher, Poet und ich weiß nicht, was noch alles. Er kann mit einer einfachen, frei und gestenreich erzählten Geschichte ein zweihundertköpfiges Publikum aus hartgesottenen Geschäftsleuten anläßlich einer Bankgroßkunden-Veranstaltung zu einem mühsam durch Naseputzen und Räuspern unterdrückten Schluchzen rühren. Ginge die Geschichte zwei Minuten länger, wir hätten vermutlich einen hemmungslos heulenden Saal vor uns und einen Super-Event produziert. Meine Spezialität ist eher das betroffene Mundwinkelzucken der Ratlosigkeit, das sich zu einem unentrinnbar befreienden Lachen entkrampft. Ich führe die Leute gern an der griffigen Nase herum. Sie lassen es lachend mit sich geschehen, solange der Griff nicht allzu sehr schmerzt und sie nicht den Eindruck haben, ich wisse wohin. Ich will ein sanfter Spötter sein, ein behutsamer Eulenspiegel. Humorist, wo die schwierige Kunst gelingt.

Mit der Maske in der Hand

Wenn die Menschen mit bürgerlichen Brotberufen ihr Tagwerk beendet haben, beginnt meine Spätschicht. Ich trage die schwere Verantwortung für den vergnüglicheren Teil des Lebens. In einem Seitenfach meines Rucksacks steckt, beim suchenden Autofahren gut greifbar, die Anfahrtsskizze zur jeweiligen Veranstaltung. Wo der vielgewundene signalrote Filzstiftgipfel endet, werde ich möglichst pünktlich erwartet. In ländlichen Kulturscheunen, Stadtbibliotheken, Buchläden, in alten Rathäusern, Kellergewölben, Mehrzweckhallen, Gemeindesälen, Aulen, Probierstuben von Winzergenossenschaften, Wirtshausnebenzimmern, Vereinsheimen, festlich dekorierten Betriebskantinen.

Manchmal folge ich dem Pfeil geradewegs in die gehobene Gastronomie zu runden Chefgeburtstagen oder Jubiläen florierender Unternehmen. Dann ragt eine elfenbeinfarbene Speisenkarte, die mir eine tüchtige Chefsekretärin zur Orientierung im Programmablauf vorsorglich zugeschickt hat, aus meinem Arbeitsrucksack. Mit gut leserlicher Kulischrift finde ich mich zwischen „Terrine à la maison" und „Dialog von Lachs und Zander an Riesling-Sauerampferrahmsößchen" vermerkt. „Wortbeitrag Hurst, 20 Minuten". Dann bin ich eine Art Zwischengang-Wortkünstler im Bereich Kulinarik. Die notwendigen Absprachen mit Küchenchefs und Servicepersonal verlaufen in aller Regel erfreulich und nahrhaft. Ich mag die Backstage-Atmosphäre der Küchen, Personalräume, Speisendurchgänge und Künstlergarderoben. Ich teile sie mit den Mitgliedern der Künstlersozialkasse anderer Sparten, mit Zauberern, Puppenspielern, Bauchrednern, Musikern, Komödianten und Bauchtänzerinnen.

Die Schwelle, wo die Bedienungen ihre hastig gerauchten Zigaretten ausdrücken, bevor sie sich mit einem Schritt in Musterabsolventen der Hotelfachschulen verwandeln, ist mein Lieblingsplatz. Dort, wo die Maske noch am Hals hängt und im nächsten Augenblick per Gummizug über's Gesicht schnalzt, ist der authentische Ort meiner Literatur. Die Leute lassen sich am besten den Appetit verderben, wenn sie gegessen haben. Mit der Maske gut sichtbar in der Hand, ansonsten nur mit Worten bewaffnet, betrete ich die Bühne. Mal sehen, was sich zur Literatur ereignet.

Aus'm Parkett g'schwätzt

Pscht! Glei geht s'Licht aus. Sie fange a. Ich hätt nochmol ... du a? Hoffentlich mache se Paus. Guck mol im Programm, ob se Paus mache. Wo ha'sch denn des Heftle? Hasch's doch grad noch g'habt. In deiner Tasch? Hol's mol g'schwind raus. Mache se Paus? Do steht's. Gott sei Dank. Es geht net durch. In de Hälft isch Paus. Solang halt i's aus. Ha'sch du a so Durscht? Ob's in de Paus was zu trinke gibt? Also im Foyer hab i vorhin Weinkischte g'seh. Die schenke sicher was aus. Sonscht bräuchte se kai Paus.

Was glaub'sch, wie lang wird denn des Ganze geh? Hol nochmol des Heftle raus. Ob drin steht wie lang's geht? Wann isch's aus? Au, des isch aber spät! Ob mer dann noch irgendwo was zu Esse kriege? Was Warm's? Um zehn schließt d'Küch im „Rebstöckle" un in de „Ros". Do gibt's nur noch kalt. Müsse mer halt zum Italiener geh. Notfalls zum Griech. Vielleicht könne mer e paar Minute früher geh. Warte mer ab, dann were mer seh. Nemm unsere Jacke weg. Mir brauche nimme b'setze. Die komme nimme. Wenn se komme däde, wäre se jetzt schon do.

Herrgott, hätt'sch du a nochmol ...? Was, sogar groß? Jetzt isch's zu spät. De Vorhang wackelt scho. Wo isch s' Programm? Mit was fangt's denn a? Schon widder ei'gsteckt? Laß stecke! S'Licht wird dunkler. Pscht! Es geht los!

Jetzt bin i doch froh, daß mer komme sin. Beinah wäre mer dehaim gebliebe. S'isch als bloß, bis mer fort isch. Wenn mer mol fort isch, g'fallt ai'm beinah alles. S'isch mol was anneres g'wese.

Laßt mi grad

Mir isch's heut
ich waiß net wie
nur net nach Leut

nemmt eure Kittel
von de Garderobehake
zahlt euer Zech
geht haim ins Bett
für euch isch's Zeit
für mich noch net
laßt mi grad

geht leise
hinner mir vorbei
ich bin in guter G'sellschaft
mit mei'm Wein
ich brauch kai G'schwätz
kai Kumpanei

in mei' m Kopf
isch Lebe g'nug
mir flattere Gedanke zu
wie Kräheschwärm
uff's Kirchedach
was mir durchs Hirn geht
langt für drei
ich bin hellwach
ich guck bloß müd

laßt mi grad
ich bitt euch nur
macht d'Tür zu
wenn ihr rausgeht
s'zieht

ich waiß net
was ich heut
für'n Kerle bin
mir isch so
melankomisch z'mut
es geht mir schlecht
es geht mir gut
mit allem zwischedrin

außer mei'm Glas
fallt mer alles aus de Händ
heut trink i mi leer
heut sauf i mi aus
un denk mi zu End
verschwind als Weingaischt
durch d'Wirtshauswänd

wenn i bloß jemand hätt
der für mi sterbe könnt

laßt mi grad
macht euch kai Sorge
gut Nacht beisamme
vielleicht bis morge.

Große Fahrt

Auf geht's
mir spiele Große Fahrt
ich platz
vor Seefahrerglück

ich wär s'Segel
du de Wind

wenn'd nimme kann'sch
wechsle mer g'schwind

oder kehre um

dann war die Große Fahrt
halt net so groß

dann wär ich de Käptn
du de Matros
ich b'stimm de Kurs
du ruder'sch z'rück

s'isch doch bloß
daß mer e bißl fort war

De Nummere-Schorsch

Du, ich muß los. Noch e wichtige Besprechung. Zahle, Frollein! Komm, laß stecke. Des mach ich. War schön, dich zu treffe. Also, du meld'sch dich mol. Da, mei Kärtle. Wichtig. Net verliere. Steht alles druff.

Über mei Privatnummer krieg'sch mi selte. Entweder nemmt mei Frau dann ab. Dere kann'sch was für mich ausrichte. Normalerweis sagt se mir's weiter. Wenn grad de Haussege schief hängt, vergeßt se's halt absichtlich. Aber des hör'sch schon an ihrem Ton. Dann brauch'sch erscht gar nix ausrichte. Schwätz'sch halt so e bißl. Oder de A'rufbeantworter isch drin. Sag'sch kurz was druff. Den hör ich regelmäßig per Fernabfrage ab.

Des isch mei Handynummer. Die isch wichtig. Des Ding muß ich halt immer bei mir habe. Hier. Sieh'sch? Am Körper. Im Gürtelhalfter. Dezent links unner'm Sakko. Fallt net uff. Guck. Des sieh'sch bloß, wenn ich ab un zu e u'gschickte Bewegung mach. Wenn ich mich zum Beispiel mit'm offene Kittel so z'rücklehn wie jetzt. Aber jederzeit griffberait. Un rechts hab i d'Hand frei zum notiere. Manchmol geht's mir uff d'Nerve. Bi'sch halt immer erreichbar. Ha'sch nie dei Ruh. Privat bräucht ich des net. Aber ohne Handy geht in mei'm Job absolut nix. Sekunde entschaide do oft über sechsstellige Beträg, mein Lieber. Des kann'sch du dir garnet vorstelle, gell? Streß, wai'sch du überhaupt, was des isch, Streß? Bei dir isch des doch relativ egal, wann du wie wo bi'sch un ob'd überhaupt komm'sch. Oder? Also. Sei froh.

Mei Faxnummere. Die dehaim. Die im Büro. Un des isch

d'Telefonnummer im G'schäft. Direktwahl. Wenn ich net am Platz bin, dann geht dei Message in d'Mailbox.

Die Nummer isch vom Autotelefon. Ich geh net immer dra. So ab 180 Sache nachts uff de Autobahn wird's happig. Sogar in dem schwere BMW. De Airbag nützt dir nix, wenn'd abheb'sch. Jede Sekund siebzig Meter weiter. Un de Scheinwerfer leuchtet bloß dreißig Meter voraus. Do mach'sch du nix nebeher. Also mich fahre lasse. In d'Mailbox schwätze. Beim Tanke trink i so e Käschtlesbrüh, so'n doppelte Espresso vom Automat un ruf z'rück.

Des isch mei E-Mail-Adreß. Un des d'Homepage von de Firma im Internet. Für dich unint'ressant. Bi'sch jo null vernetzt. Also wie mer heutzutag noch so schaffe kann! Irgendwie beneidenswert. Aber du war'sch jo immer schon e bißl weltfremd. En Lebenskünschtler. Hauptsach, es langt für de Rotwein un d'Zigarette. Aber Vorsicht! Ohne Anschluß verlier'sch de Anschluß! Des stammt von mir.

Mensch, wo bleibt denn die Tussi mit de Rechnung? Ich muß punkt zwanzig Uhr in Düsseldorf sei. Steigeberger Hotel. Top Meeting mit G'schäftpartner aus Schwede. Horch, ich kann nimme warte. Könnt'sch für mich mitbezahle? War jo nix groß. Nur des Chefsalätle, zwai Pelegrino un der Campari Soda. Beim nächschte Mol bin ich dra. Okay?

Also. Die kommend Woch bin i g'schäftlich in London. Bin Mitte des Monats widder im Land. Dann ruf'sch mich a. Mache mer was z'amme. Wie in alte Zeite. Un wie g'sagt, erscht übers Handy probiere. Do krieg'sch mich noch am... Sag ich's net! Des könnt Stockholm sei. Hoffentlich isch nix schiefg'laufe. Des wär . . .

GeFu Direct Marketing and Innovation Consulting. Georg Futterer. Yes please! – Was? Auch Futterer? Ach du bisch's Waltraud! – Im „Ludwigs". Hab en alte Kumpel getroffe. – Ach was! Kumpel hab i g'sagt. En Kumpel isch immer en Mann. – Ja. Des gibt's. Aber dann wär's schließlich a egal. Wenn e Frau en Kumpel isch, isch se für en Mann in dem Sinn halt kai Frau. – Herrgottsack, ja soll se dir was ins Handy schwätze? Do sitzt er! – Kenn'sch net. Noch aus de Volksschul. Habe uns seit ewige Zeite net g'seh. – Ich bin doch grad am Gehe. Hab schon bezahlt. – Ob ich was? – Au, des hab i vergesse! Brauch'sch des u'bedingt? – Laß es halt weg. Merkt doch kain Mensch! – Ja, wenn'd main'sch. Aber morge früh kann'sch des doch a noch mache, oder? Des isch doch wurscht, ob der Kamerad bis zum Wocheend zwai oder drei Tag im Rotwein rumschwimmt! – Ja, ich waiß. Des isch dei Sach. Hat immer wunderbar g'schmeckt. Aber ... – Du ha'sch Nerve! Wo soll ich denn jetzt g'schwind des Zeug herkriege? Aus'm Wald? – Im Karstadt unne drin? Sakrament, als hätt i sonscht nix zu schaffe! – Ich reg mi net uff! Aber Herrgottnochmol, bloß weil dein verbohrter Vadder seine Dreckshase net endlich mol abschafft, müsse mir alle zwai Woche sonndags ... Waltraud!

Weg. Sieh'sch, so isch's. Des isch halt die anner Seit. De Fluch der digitalen Kommunikation, der Vernetzung! Die totale Erreichbarkait rund um d'Uhr. Über irgendeine Nummer kriegt mich jeder Idiot immer un überall, wenn's ihm grad ei'fallt. Die blöd Webern vom Büro, de Schwiegervadder, Hinz un Kunz, du, mei Frau, alle! Versteh'sch, was des haißt? Do wir'sch verrückt! Wenn'd mich net erreich'sch, waiß ich selber net, wo i sei könnt! Dann kann i bloß noch nirgends sei. Nimme do.

Jetzt kann i vor Düsseldorf noch in de Stadt rumrenne! Nur, daß mei Waltraud ihren depperte Hasebrate rechtzeitig ei'lege kann! Wege Lorbeere un Wacholderblätter! Echt, ich komm mir vor wie de Nummere-Schorsch!

Sommergedicht vom hocke, schwitze, trinke un gucke

Nach'me freie Tisch im Schatte gucke
net mittedrin, wo alles guckt
net so abseits, wo mer nix sieht
weil mir so gern Leut a'gucke

do wird was frei
glei zuschlage
danke sage un
gell, mir wollte Sie aber net vertreibe
sich sofort falle lasse
endlich sitze, hockebleibe
am Verdurschte sei

de Bedienung winke
Frollein rufe
immer lauter
wieso guckt die net her?
mit de Finger schnalze
drohe mit'm Gehe
halb im Stehe
rumfuchtle un schreie
bis alle Gäscht gucke
nur des Frollein net
tragt ihr Tablett
mit dem kalte Naß
stur an de trockene Häls vorbei
als wäre mir Luft

des macht die extra
des kann bloß Absicht sei
sieh'sch des?
de Nebetisch kriegt scho was
un isch nach uns komme
Unverschämthait
direkt e Schweinerei
de G'schäftsführer verlange
ach was, net lang rummache
de Besitzer informiere
bei Beschwerde immer glei obe a'fange
dann vergeht alle Unnere s'Lache

aifach uffsteh un fortgeh
s'ghört grad g'ange ohne zu zahle
wie will'sch denn des mache?
mir habe nix g'habt
was mer net zahle könnt
so juckt die des net
mir mache nur Plätz frei
des seh i net ei
ich bleib do hocke
un wenn i vertrock'n
wenn nur der Durscht net wär

jetzt guckt se – wink schnell
hat se's g'seh ?
g'nickt hat se – sie kommt her

endlich was kriege
nimme zugucke müsse
wie die annere trinke
selber was habe
jetzt aber!

schnell noch Prost sage
d'Krügle z'ammeschlage
nochmol durchschnaufe
de Hals rohrgrad biege
daß es sauber fließt
daß sich nix staut
un a'setze
über d'Nas ins Glas gucke
nur sehe was mer trinkt
mit de Auge drin versaufe
d'Unnerhaltung ei'stelle
nimme schwätze
schlucke
schlucke
nur schlucke
daß d'Auge naß rausdrücke
schlucke
daß de Adamsapfel kullert
Durscht wegschlucke
sich druff freue
widder Durscht zu kriege
bloß schwitze un schlucke
d'Sonn wandere lasse
die Hitz aussitze
Leut a'gucke
so e Sommervergnüge!

Schwaiß von de Stirn wische
e Muck aus'm Bier fische
net verdrücke – krabble lasse –
krabble lasse
hoffentlich kommt se widder uf d'Füß
daß se widder fliege kann
nix so richtig mache

alles bloß so nebebei
d'Schlappe ausziehe
bißl mit de Fußzeh trainiere
friedlich sei
durch die dünne Schwimmbadfetze
des laue Obendlüftle spüre
sich schmuse lasse vom Wind
mundfaul über Gott un d'Welt spekuliere
über'm Herrgott sei Leut schwätze

guck mol die do dort
wie kann mer nur bei dere Figur
so e Hos a'zieh
der Po – ordinär
schätz mol wie alt
glotz doch net so
die guckt jo scho her
die maint am End
daß dir des g'fallt
g'fallt dir denn des?
stell dir mol vor
du hätt'sch sowas im Bett
was mach'sch dann?
um Gott's Wille
mit ai'm Satz wär i draus
aber Hauptsach, s'gfallt ihrem Mann
un so wie der druffguckt
sieht's grad so aus

guck mol unauffällig
hinner dich
aber dreh di net rum
net do – mehr zum Klo
du lach'sch dich krank

Jesses, isch der b'soffe
hat der de Hoselade offe?
was guckt denn do raus?
de Zipfel vom Hemd
guckt aus'm Schlitz
ach Gott
ich hab scho g'maint
er hätt sich was ei'geklemmt
aus seiner Sakkotasch
hängt e verkrumpfelte Krawatt
wer waiß, was der für Probleme hat
womöglich e Schicksal
un des bei dere Hitz

er will bezahle
des mu'sch g'seh habe
dreh dich mol schnell
ganz vorsichtig rum
wie er im Geldbeutel kramt
als wollt er nei'schlupfe
glei kippt er nach vorne um
hoppla
sag ich's net!
wenn ihn die Frau net g'fange hätt
nüchtern wär des en Frauetyp
also b'soffe paßt zu dem net

komm, sag du ihm als Mann
daß er net so rumlaufe kann
mit'm weiße Hemdezipfel raus

ach was, laß
des merkt der nimme
un was mer net merkt
macht ai'm nix aus
des isch dem egal
der geht heut nimme
zur Damewahl
dein Frauetyp
außerdem isch Weiß
immer e schöne Farb
egal wo's raushängt

oh, guck mol zum Ei'gang – aber dezent
beim Biertransparent
do kommt e Pärle
zuck net z'amme
wenn'd die seh'sch
guck langsam weg
ach du Schreck
lobe die Schöpfung des Herrn!
die habe am Stück gut un gern
vierehalb Zentner Lebendg'wicht
normal isch des net
vielleicht e Drüseg'schicht
Funktionsstörung

ja, so ung'fähr
die were zu spät satt beim Esse
des Uffhöre funktioniert net
auf gut deutsch
des isch a'gfresse
net so laut!

zu wenig Bewegung, die Rumhockerei
un immer gib ihm!
ordentlich spachtle debei
Schweinshaxe zum Export
körperlich nix mache
außer e bißl Matratzesport

guck doch dort
die sitze kaum, scho wird s'Esse b'stellt
des müßt wirklich net sei
die verfresse halt ihr Geld
vielleicht habe se recht
sieh'sch des? Guck mol, guck!
do konzentriert sich alles
rund um d'Futterluk
sie schlotzt schon
un er trielt beinah
beim d'Speisekart lese

Frollein, habe Se unser Bier vergesse?
s'hat kai Eil, mir hocke noch e Weil
un s'Veschperkärtle bitte.

Biographische Notiz

Hätt ich mich beim Staatsexame
un in de Referendarausbildung
zum Glück
net so blöd a'gstellt
wär ich heut Lehrer.

S'Handy vom Freddy

Wenn de Freddy
kai Handy hätt
wüßt sei Frau erscht
daß er vom G'schäft kommt
wenn er schon
in de Tür steht

un des
wär zu spät.

De Turbo un de Gunzi telefoniere

Hi Turbo.

Hi Gunzi.

Was mach'sch so?

Nix. Wieso? Lieg vor de Kischt. Zapp so rum.
Was mach'sch'n du so?

A nix. Wieso? Zieh mir grad e Video nei.

Was guck'sch'n?

So'n Action-Scheiß. Voll ätzend, aber genial g'macht.
Total die Tricks.

Eh, wenn du nix mach'sch un ich a nix, könne mer doch was mache.

Mir egal. Was?

Mir egal. Was halt. Sag du.

Guck mol. Kommt was im Kino?

Guck doch du mol.

Wart mol, ich guck mol. – Nur Schrott. Alles scho g'seh.

Eh, d'Gigi macht e Party. Sturmfrei. Schwer bonzig. Mit Schwimmbad im Keller. Whirlpool un so.

Kain Bock uff des Gelaber. Dancefloor-Scheiß. Echt, des nervt. Was geht sonscht noch ab? Guck mol.

Guck doch du.

Scho gut. Ich guck. – Eh, saustark. Cross Over im „Substage“!

Echt, ey? Geil. Wer spielt? Guck mol.

Super! Megamäßig! „Bobo Beton & His Five Hohlblocks“!

Geil. Do geht's ab.

Als Vorband – wart mol – „Schmalzbrot“ aus Busebach.

Echt? Eh, die kenn ich. De Andi, de Baßgitarrischt, spielt bei uns im Mandolineorcheschter.

De Andi? Aus de 10a? Der mit de Aurora Holzmüller rummacht? Der Schleimer?

Musikmäßig bringt's der voll hart. Der isch brutal gut. Des wird derb.

Eh, genial. Geh'n mer hie? Koscht's was? Guck mol.

Ich guck grad. Do steht nix von Ei'tritt.

Geil! Do sin mer dort! Wann geht's los?

Halt. Do steht doch was. Zwölf Mark.

Scheiße. Vergeß'es. Kai Kohle. Ohne Moos, nix los.

Hör uff! Den Spruch laßt mein Vadder a immer los. Dann grinst er so blöd debei.

Ha'sch du noch Kohle?

Scho. Ich trag doch sonntagmorgens Blättle aus.

Was springt bei dem Job raus?

Vierzig Mark. Cash uff d'Krall.

Net schlecht. Trotzdem. Nix für mich. So früh raus. Sonntags kann i kai Hektik vertrage. Käm ich net aus de Kischt. Wenn's schifft un so. Ne.

Wenn's regn't oder wenn i net rauskomm macht's manchmol mein Vadder.

Echt? Stark, eh. Däd meiner net mache.

Ha ja, gern macht er's net. S'isch immer Zoff mit meiner Mutter. Sie habe halt Schiß, daß i den Job verlier.

Wieso? Isch doch net ihr Problem.

Doch. Irgendwie schon. Dann müßt ich mit'm Taschegeld uffschlage. Wo die immer so mit'm Geld rumgeiere.

Heh, wenn du Kohle ha'sch, geh doch du ins „Substage".

Lauft net. Hab Ausgehverbot, fallt mer ei. Hab Streß dehaim.

Ey, sag bloß, die habe g'spannt, daß du . . .

Hör uff! Des net. Gott sei Dank. Däd grad noch fehle. Derf'sch net fort wege dem Sechser in Franz?

Des a. Überhaupt halt. Die drehe voll durch wege dere scheiß Schul. Bloß, weil se grad selber übel druff sin. Beziehungsmäßig un so, versteh'sch?

Wie bei mir. Echt, ey, total beknackt. Sie raffe's net. Ich halt mich raus. Ganz cool. – Was isch? Bi'sch noch dra? Turbo!

Ja. Hab grad d'Tür zug'macht. – Mein Alter hat letschte Woch de Flugkoffer in de Benz g'schmisse. Isch losgedüst, volle Kanne. Mitte in de Nacht. Ich denk, ich spinn eh.

Grad so?

Ha ja, war scho de ganze Obend Zoff. Hab mit de Kopfhörer „Metallica" g'hört, daß ich nix mitkrieg. Un gequalmt wie blöd.

Cool. Un dann?

Ich runner. Hockt mei Mutter im Wintergarte. Plärrt. Bechert Bacardi oder sowas aus'm Wasserglas.

Wollt sich's so richtig gebe, ey. Hä?

Die vertragt null. War total nebe de Kapp. So hab ich die noch nie g'seh. Du, plötzlich will se ihren BMW Roadster aus de Garage hole. Mit'm offene Verdeck durch d'Gegend fahre un so. Echt krank.

Geiles G'schoß.

Mit Alk? In so're Depri-Phase? Hab de Autoschlüssel verschwinde lasse. Hab se in de Arm g'nomme un e bißl rumg'sülzt. Mammi, ich bin doch a noch do. Hat se sich beruhigt. Dann habe mer e saugutes G'spräch g'habt irgendwie. Bis'm drei sin mer uff de Couch g'hockt. Die hat richtig zug'hört. Von sich verzählt un so, echt.

Un dein Vadder? D'Flatter g'macht? Des isch aber heftig, eh.

Ach was. Am Morge, ich will grad los in d'Schul, kommt er im Taxi. Sieht aus wie'n Zombie.

Shit, ey. De Karre g'schrottet?

Der doch net! Ganz normal vor de Kneip stehe lasse.

Spießermäßig. – Hat er was g'sagt?

Er hat so rumg'labert. Sich halt entschuldigt. Hat glei nach meiner Mutter g'frogt. Liegt noch im Bett, hab i g'sagt. Er ab ins Schlofzimmer. Toll, daß du pünktlich in d'Schul geh'sch, sagt er noch. Ich hab heut frei im G'schäft. Also, bis heut mittag. Dann mache mer was Schön's z'amme. Alle drei.

Typisch, ey!

Ja super, hab i g'sagt, mir schreibe heut halt bloß e Mathearbait, wo ich sowieso nix blick! – Ruft er aus'm Schlofzimmer: Ich möcht mol wisse, wozu mir dir Nachhilfe gebe lasse!

Des isch die Härte, echt. – Was ha'sch'n aigentlich in de Arbait g'habt? Du bi'sch doch in Mathe beim blöde Runk?

Ha ja, zu'me Vierer hat's g'langt. Beim Runk hab ich noch nie was g'lernt. Ich sitz nebe'm Dirk. Der isch topfit. Kassiert pro Arbait fünf Mark. Fairer Preis.

Geht de Dirk noch mit de Sarah Ochs?

Null Ahnung. Hab'n seit zwai Tag net g'seh. Fehlt. Isch im Krankehaus. „Hodenoperation" steht im Klassebuch.

Was? Was hat er?

Er kriegt unne was g'macht. Am Hoden. Am Sack.

Au, Shit, eh!

Net schlimm. Routinemäßig. E Krampfader weg oder so. Er hat mer's im Sport mol gezaigt. Sieht halt blöd aus.

S'Gerät muß in Ordnung sei, logisch. Der lebt bei sei'm Vadder, gell?

Ja. Schon lang. Un d'Sarah neuerdings bei ihrer Mutter im Haus.

Schon Scheiße irgendwie!

Aber die habe e super Stimmung dehaim. Total locker. Relaxed. Saugut! De Dirk bleibt als bei de Sarah über Nacht. Ihr Mutter isch cool. Schwer nett. – Was isch'n los?

Nix. Eh, manchmol bin i froh, daß i soviele Kumpels hab. Dich un so. Mann, echt, heut isch net mein Tag. Dann noch so'n saublöde Zufall.

Was für'n Zufall?

Ich laß mei Franzarbait unnerschreibe. Korrekt, versteh'sch. Heut mittag. Do kommt der Arsch von Briefträger un . . .

Eh, alles klar! Brauch'sch net weiterschwätze. D'Telefonrechnung!

Genau! Woher wai'sch?

Bei mir a! Plötzlich steht de Chef in mei'm Zimmer. Dreht mir „Fat Bread“ weg. Grad die geile Stell, wo se immer so „bu-bu-bu“ mache.

Die isch super. Des isch genial.

Un wedelt mit'm Telecom-Freßzettel. Macht ein Terz. Un schwallt rum. Also, so geht das nicht mehr weiter! Ab jetzt wird . . .

Eh, ich muß Schluß mache! Meiner kommt grad. Ich derf bloß noch bei ganz wichtige Sache telefonie . . . nix uff in Deutsch? Geil. Mathe Aufgab 104 a, b, c? Hab i scho g'macht. Was kriegsch'n raus? – Ich a. Also, mer sieht sich.

Hi Gunzi.

Hi Turbo.

Hemdebügle oder Mega Live Event

Wenn jemand – sage mer mol
beim Hemdebügle
Talkshow guckt
un nebebei – könnt doch sei
im Fernsehheftle blättert
un durchs Programm zappt
weil ihn alles bloß e bißl
aber nix g'nug int'ressiert
un sich debei noch – des passiert
mit'm Cognacschwenker un de Zigarette
mit'm Telefon in de Fernsehsessel setzt
mit jemand telefoniert
der a gern schwätzt
Tortillachips eßt
un beim Hemdebügle
s'Bügeleise vergeßt
bis er d'Feuerwehr hört
un s'Regionalfernseh kommt
weil zuerscht s'Hemd
dann d'Wohnung brennt

war des
en multimedialer
interaktiver
non-virtueller
deshalb net billiger
Mega Live Event.

Ebbes oder nix

Wenn mol nix wär
des wär ebbes
aber es muß halt
immer was sei

wenn'd denk'sch
s'isch grad nix
jetzt könnt'sch endlich . . .
dann war doch was
oder s'kommt ebbes
un du kann'sch net
un s'war widder nix

so isch's halt
weil immer ebbes isch
deshalb isch alles nix
solang mer schnauft
muß immer was sei

des geht erscht
mit'm Tod vorbei
aber des
isch so ebbes
des isch
a widder nix.

Der Ausweis

Das hiesige Amt für öffentliche Ordnung ist eine mächtige Behörde. Sie verfügt über eine schlagkräftige Hilfspolizeitruppe, die laufend durch die malerischen Gassen der Innenstadt patroulliert, knebelbärtig, amtswürdig und dienstgebläht, mal unerbittlich, mal leutselig, je nach Tageslaune. Die auf Falschparker angesetzten Spezialisten sind hochqualifiziert, das heißt, dermaßen gut bei Fuß, daß bisweilen der unheimliche Eindruck entsteht, sie könnten an zwei Orten gleichzeitig sein. Der jähe Verdacht, die Parkuhr sei abgelaufen oder der Anliegerausweis stecke nicht deutlich lesbar hinter der Frontscheibe, kann panikähnliche Reaktionen auslösen. Egal, wo man sich gerade befindet, man läßt alles stehen und liegen und rennt los. In der Regel könnte man sich die Hektik sparen. Meist kommt man zu spät. Und wer bereits beim ordnungswidrigen Abstellen seines Fahrzeuges observiert wurde, etwa aus verdeckter Position hinter einem Stützpfeiler der Kirche oder aus geduckter Späherhaltung durch die vorsichtig geteilten Zweige eines städtischen Zierstrauches, der hat, ohne es zu wissen, nie eine Chance gehabt.

Ein als besonders rührig und diensteifrig bekannter Hilfsbeamter namens Hämmerle soll an einem dienstfreien Sonntagmorgen vom Frühstückstisch seiner Parterrewohnung, angeblich nur mit einem gestreiften Pyjama und einem ebensolchen Bademantel bekleidet, in Hausschlappen auf die Straße gesprungen sein, um einen Parksünder in flagranti zu stellen. Zum Zeichen seiner obrigkeitlichen Spontanfunktion habe er noch geschwind die Uniformkappe über den schlafzerzausten Kopf gestülpt, heißt es. Aber bitte, das ist nur ein Gerücht, wenn auch ein hartnäckiges. Ob es stimmt, weiß ich nicht. Es ist auch nicht wichtig. In Bezug auf die öffentliche Ordnung könnte in diesem Städtchen jedes Gerücht wahr sein.

In den ersten Monaten meiner Anliegerzeit habe ich Schübe von Verfolgungswahn durchlebt. Zeitweise hatten die monatlichen Bußgeldzahlungen die Nebenkosten meiner Wohnung samt Telefongebühren übertroffen. Mit einer geradezu hirnwidrigen Geduld haben sie mir beigebracht, daß Ordnung Spaß macht, wenn man sich an sie hält. Inzwischen fluppt das bei mir. Ich habe keine Probleme mehr. Auf Heimreisen halte ich schon bei der Autobahnausfahrt automatisch meinen Parkausweis zwischen den Fingern der linken Hand, mit der ich nicht schalten muß, am Lenkrad parat. Spätestens beim Passieren des Ortsschildes steckt er ordnungsgemäß im Heizungsschlitz hinter der Scheibe, gut einsehbar, damit sich die Beamten beim Kontrollieren nicht verrenken müssen. So rolle ich akkurat mit Tempo dreißig, sicherheitshalber eher etwas langsamer, weithin sichtbar als gesetzestreuer Bürger legitimiert, durch mein Stück Fußgängerzone in den mir zugewiesenen Anliegerbereich. Ich genieße mein kleines Privileg.

Manchmal, wenn mir danach ist, fahre ich im Viertel ein wenig hin und her. Nur so. Zur unterhaltsamen Abwechslung. Und weil ich das ausnahmsweise darf. Ich fahre sehr rücksichtsvoll, kaum Schrittgeschwindigkeit. Von hinten anrollend, mache ich durch leichtes Antreten des Gaspedals im Leerlauf höflich auf mich aufmerksam, um nicht hupen zu müssen. Ich hupe nie. Ich arbeite nur mit dem Motorgeräusch. Dennoch kommt es gelegentlich zu gereizten Reaktionen. Der Fußgänger fühlt sich im Hoheitsgebiet seiner Zone prinzipiell von jedem Motorisierten belästigt.

Es geht mir ähnlich, wenn ich dort zu Fuß bin. Die Grundeinstellung zu jedem Menschen, der sich von einem Verbrennungsmotor transportieren läßt, ist latent feindselig.

Manche stellen sich einfach taub. Sie schlendern trotzig langsam, wie eine gemütlich grasende Schafherde, vor meiner Stoßstange her. In heimtückischer Absichtslosigkeit versperren sie den Weg. Sie tun so, als bemerkten sie in ihrem Rücken nichts. Ich kann noch so dicht auffahren und mit meinem Gaspedal spielen, sie drehen sich nicht um. In Wahrheit bekommen sie alles mit, sind gespannt bei der Sache. Sobald ich anhalte, sehe ich ihre fragenden Gesichter. Ich ziehe die Handbremse, zünde mir in aller Ruhe eine Zigarette an. Ich beschäme diese Leute mit meiner heiteren Gelassenheit, auch wenn mir die Hand etwas zittert. Wenn sie merken, daß ich ihnen nicht mehr folge, gehen sie wieder zügiger an den Schaufenstern entlang. Ich habe Zeit. Ich lasse ihnen das Teilsiegergefühl. Würde ich zu früh weiterfahren, hätte ich sofort wieder diese unbeirrbare Arschfront vor mir. Der Klügere gibt zähneknirschend nach.

Am heftigsten reagieren die Leute an schwülen Sommerabenden mit langanhaltender Gewitterneigung nach dem Geschäft. Erstaunlich, wieviele Zeitgenossen mit den Nerven am Ende sind und zur Entladung drängen. Ein Antippen des Gaspedals aus zu gering empfundenem Abstand von Kotflügel und Hosenbein genügt. Ich lehne mich im Fahrersitz zurück, lege die Unterarme aufs Lenkrad und schaue zu, wie sie draußen den Affen spielen. Ich wohne der Vorstellung mit einem komplizierten, ganz bestimmten Gesichtsausdruck bei, der die Zornesadern garantiert weiter schwellen läßt. Es ist ein mitleidig gequältes, mäßig amüsiertes Lächeln, ungefähr wie nach einem schlechten Witz. Auch Nachsicht ist dabei. Die stellvertretend empfundene Peinlichkeit vor dem Würdeverlust des anderen und die stumme Bitte, der möge sich nicht weiter entblöden. Es ist zugegebenermaßen ein hinterlistiges Mienenspiel, das so souverän nur mit einer amtlichen Genehmigung im Hintergrund gelingt.

Dabei macht ein Fußgänger, der mich im Auto beschimpfen will, schon deshalb keine gute Figur, weil das Seitenfenster meines Wagens eigenartig horizontal geteilt ist. Nur die untere Hälfte läßt sich öffnen. Man kann sie hochklappen und arretieren. Dann befindet sich mein Kopf hinter zwei Glasscheiben geborgen. Wer sich wirkungsvoll gegen mich im Ton vergreifen will, muß notgedrungen eine toilettensitzähnliche Haltung bei schräger Kopflage einnehmen. Wie vor einem Schalter für kleinwüchsige Bittsteller oder beschwerdeführende Liliputaner. Ich verändere meine Sitzposition nur bei freundlichen Kontaktaufnahmen. So nicht. Ich blicke gelangweilt nach vorn. Beleidigungen in Schulterhöhe betreffen mich nicht. Gelegentlich kommt es zu zornigen Solidarisierungen der Passanten gegen mich. Vor allem, wenn man glaubt, unberechenbar herumtorkelnde Kleinkinder vor mir in Sicherheit bringen zu müssen. Es bleibt keine Zeit, den Eltern und ihren Sympathisanten meine Kinderliebe zu versichern. Im Geschrei eines jäh hochkochenden Brutpflege- und Beschützerinstinktes wird der Ruf nach Entzug meines Führerscheins laut. Auf der Suche nach Schreibzeug zum Notieren meines Kennzeichens schlagen sich Männer hastig auf Sakko- und Hosentaschen. Sekundenlange Leibesvisitationen an sich selbst. Ich helfe aus, reiche mit müder Handbewegung meinen Kugelschreiber samt Klebezettelblöckchen durch die Fensterluke. „Hier bitte." Meine coole Geste der Hilfsbereitschaft wirkt wie ein Wassertropfen in heißem Öl. Die Lage spitzt sich zu. Cholerische Männernaturen nähern sich meinem dünnen Blechgehäuse in bedrohlicher Haltung, angefeuert von schrill aufgebrachten Frauenstimmen. „Der g'hört aus'm Auto gezoge!" Bevor sich als handelndes Subjekt ein männlicher Vollstrecker findet, muß ich in die Offensive gehen.

Ich zupfe meinen Ausweis von der Scheibe. In der halb geöffneten Tür stehend, ein Bein auf die Straße gestellt, halte ich ihn hoch. „Moment!" Ich genieße die allgemeine Verunsicherung. Zackig und resolut, wie ein Schiedsrichter die gelbe Karte, strecke ich den Umstehenden mein amtliches Papier entgegen. Das wirkt. Das aggressive Geschrei, das in Handgreiflichkeiten umzuschlagen drohte, verebbt zu gedämpften Unmutsäußerungen mit Kopfschütteln und überdrüssigem Abwinken. „Du Depp, du!" meint noch einer brummen zu müssen. Ich verwarne ihn mit erhobenem Zeigefinger: „Sin Se vorsichtig was Se sage, gell!" In der Manier eines Kartenkünstlers lasse ich den Ausweis zwischen den Fingern kippen, zeige die Rückseite. „Könne Sie lese?" Ich warte die Antwort nicht ab. Laut und deutlich, jedes Wort betonend, lese ich vor, wobei ich an wichtigen Stellen Blickkontakt zum Publikum aufnehme. Ich deklamiere dieses wunderschöne, um Präzision ringende Deutsch der Amtsstuben wie lyrische Prosa:

> „Dem Inhaber dieses Parkausweises wird gem. § 46 Abs. 1 Ziff. 11 STVO jederzeit widerruflich die Erlaubnis erteilt, sein Kraftfahrzeug mit dem umseitig genannten Kennzeichen in umseitig genannten Bereich ..."

Hochblickend, um mit weitem Armschwung diesen umseitig genannten Bereich zu verdeutlichen, bemerke ich das Fehlen meiner Zuhörerschaft. Man zieht sich geschlagen zurück, zerstreut sich. Einer schaut sich nochmal um. Er kurbelt mit der Faust vor seiner Stirn. Das wolle ich übersehen haben, rufe ich ihm hinterher. Mit der Handkante streiche ich meinen Ausweis auf der Motorhaube glatt. Sie ist sauber. Neuerdings fahre ich mit meinem Wagen wenigstens einmal wöchentlich, meist freitags, durch die Waschanlage. Teerflecken entferne ich mit einem nitrogetränkten Läppchen, angeklatschte Mückchen mit der rauhen Seite eines Glitzischwammes. Übers Wochenende steht das Wägelchen picobello zwischen den anderen in meinem Anwohnerbereich. Einmal im Monat wird poliert.

Längst plaudere ich mit den Herren Beamten des Ordnungsamtes, die ich zuvor abfällig als Hilfssheriffs bezeichnet hatte, wofür ich mich nachdrücklich entschuldigen möchte. Wir reden über das undankbare, doch leider notwendige Geschäft des kostenpflichtigen Verwarnens. Sie haben recht, in der verwinkelten Innenstadt muß hart durchgegriffen werden, um ein Verkehrschaos zu vermeiden. Wo kämen wir hin, wenn jeder machen könnte, was er wollte? Auch im Hämmerle erkenne ich jetzt den Freund und Helfer in fast ziviler Sommeruniform, die mir übrigens nicht schlecht stehen würde. Neulich habe ich ein kurzärmeliges, khakifarbenes Hemd mit zuknöpfbaren Brusttaschen und leichten Schulterklappen gekauft. Bei Tchibo. Es ist der Dienstkluft der Exekutivbeamten nicht unähnlich. Ich werde noch eines brauchen zum Wechseln. Für meinen Anliegerausweis habe ich mir endlich eine stabile Klarsichthülle besorgt. Damit das amtliche Dokument mit dem schönen Stempel der Stadt nach etwas aussieht und im Verlauf der Gültigkeitsdauer eines Jahres nicht zerfleddert und vergilbt.

Subjekte, die naßforsch und unbefugt in meinem Anwohnerbereich zwischen Martinskirche und Grabengasse herumkurven, ärgern mich immer mehr. Über fehlende Parkberechtigungen auf Ablagen rege ich mich unmäßig auf. Sie bringen mich in einen schweren Gewissenskonflikt. Ich weiß, als verantwortungsbewußter Anwohner und Bürger müßte ich Anzeige erstatten. Telefonisch. Und aus

Gründen der Bescheidenheit anonym. Ein handliches Notizbüchlein mit Bleistift in der Lederschlaufe trage ich seit einiger Zeit bei mir. In der rechten Brusttasche meines Tchibo-Hemdes. Die Nummer der zuständigen Dienststelle steht groß auf der ersten Seite. Bisher habe ich immer noch ein Auge zugedrückt.

Bauerwartungsland

Des gibt's net
les was do steht
im schwarze Rand

völlig unerwartet . . .
lieber Mann
treusorgender Vater, Bruder,
Schwager, G'schäftskolleg
TSV Vorstand . . .

was mer im Lebe net
alles g'wese sei kann

Wolfgang Brandt!

des kann doch net sei
grad am Sonntagmorge
hab ich'n doch noch g'seh
uff sei'm Joggingkurs
mit'm rote Stirnband
d'Haar schwaißverklebt
aus'm Dorf naus renne
am Friedhof vorbei
zu sei'm Bauerwartungsland

„Wolfgang, wie sieht's aus?"
hab ich g'rufe
un ich hör'n noch keuche
„Danke, mer lebt!"

Des kann doch net wahr sei
zehn Jahr hat er g'wartet
bis er baue kann
uf dem Stückle Land
in de Streuobstwiese
endlich wär's soweit g'wese
d'Apfelbäum sin g'fällt
Bagger stehe schon am Rand

jetzt sowas
völlig unerwartet
Wolfgang Brandt

ich kann's garnet glaube
de Brandte Wolfgang isch doch . . .
also war doch mein Jahrgang
was hat denn dem g'fehlt?
der hat doch nix g'habt
hat ausg'seh wie s'blühende Lebe
wenn mer so aussieht
sterbt mer doch net

s'isch net lang her
daß mer z'amme
beim Sportlerball ware
un jetzt . . .
ob des en Verkehrsunfall war?
aber des hätt mer erfahre

do sieh'sch widder
so schnell kann's geh
schaffe un spare
d'Karrier un s'Haus
sich uffrege wege jedem Dreck

un was isch?
an'me schöne Tag – Pardon
schnappt dir de Arsch zu
game over
Spiel aus
mit'me Mausklick bi'sch weg

sag ich net immer
s'ghört mehr g'lebt
wenn mer eh schon uff de Welt isch
dann g'hört aifach viel mehr g'lebt

aber
was anneres
schlecht wär's net
wenn mer dort so e Plätzle hätt
uff de Streuobstwiese
des wär schon halb gebaut
du kenn'sch doch de Scheuble
vom Ortsbauamt

e bißl spare
des fiel net schwer
s'wär jo fürs aigene Sach
weniger esse geh
kürzer trete
net groß in Urlaub fahre
ich verzicht gern
wenn i waiß, für was
e paar Jährle
dann hätt mer g'nug
uff de hohe Kant
un könnt baue
uff'm Brandt sei'm Bauerwartungsland.

Vergeß den Vogel

Kommt ein Vogel geflogen
setzt sich nieder
auf mein Fuß
hat ein Brieflein im Schnabel
von dem Liebsten ein Gruß

Wenn i sowas hör – Brieflein im Schnabel
so ein Stuß – schlimmer als La Paloma
un dezu noch falscher Kasus!

wohin setzt sich der Vogel?
meinen Fuß muß des haiße, wenn schon
präpositionaler Ortsrichtungsdativ!
wen oder was hat er im Schnabel?
einen Gruß vom Liebsten, Herrgottnochmol
ganz normaler Akkusativ!

s'isch net, daß ich net fürs Romantische wär
von mir aus schreib dein Brief mit de Hand
mit'm Gänsefederkiel bei Kerzelicht
streu aus'me Silberdösle Sand zum Trockne drüber
schreib mir in Prosa oder mach e Gedicht, egal
parfümier s'Papier
tropf was an de Rand
ob ich's riech oder net

aber sei so gut
vergeß den Vogel!
e-mail ihn durch
oder fax'n rüber

in Herzensangelegehaite
bin i gern uff'm neueschte Stand.

Fun Car

Ehrlich
du kenn'sch mich
ich bin
en gutmütiger Kerl
en friedlicher Mensch
kann Spaß vertrage
bin freundlich zu de Leut
un lach gern

aber des
kann ich dir sage

wenn i wüßt
wer des war
gäb's druff
den Dreckspatz
den dreckiche
däd i krankehausreif schlage

bei mei'm Fun Car
hört de Spaß uff.

Fürz und Kram

Cornelia Stiglmayer. Bitte?

Ah, Schatz! Bi'sch dehaim?

Nai. Ich bin kurz außer Haus. Müßt aber jeden Moment widder z'rückkomme.

Was? Wieso? Du . . . du kann'sch doch net . . .

Doch. Ich hab neuerdings e Handy. Spazier grad in de Stadt rum. Mach en Schaufenschterbummel. Du geh'sch jo bei sowas nie mit.

Conny! Cornelia! Herrgott, schwätz normal! Was isch?

Bisch dehaim? – Ja! Natürlich bin i dehaim! Wär ich sonscht am Telefon, wenn'd unser Nummer wähl'sch?

Jaja, isch gut. Horch, ich will dir nur sage, daß . . .

Daß d'Versammlung rum isch. Schön, daß'd anruf'sch. Hockt ihr scho vorne in de Wirtschaft?

Ebe net! Mir sitze noch im Nebezimmer. Komme grad zum Punkt Verschiedenes. Des isch diesmol viel. Un de Jacobi isch debei, der Schwätzer. Weil er dehaim . . .

Welcher Jacobi? Der vom Tabaklädle?

Ja, der. Bei sein're Frau kommt er net zu Wort. Deshalb hopft er bei jeder Versammlung rum un reißt s'Maul uff. S'könnt also sei, daß es heut . . .

Wer isch'n sonscht noch alles do, den ich kenn?

Außer e paar, die fehle, sin ziemlich alle do, die'd kenn'sch. Du, ich muß widder nei. S'wird grad über'n Antrag vom Jacobi abg'lehnt – abg'stimmt. Ich hab dir nur Beschaid sage wolle, daß es . . .

Lieb von dir. Was isch'n des für'n Radau im Hinnergrund? Habt ihr denn so Händel kriegt?

Ach wo! Es wird nur kontrovers diskutiert.

Aha. Un des klingt so? Kann'sch di net e bißl genauer ausdrücke?

Ach Gott, s'isch halt wie immer bei Verschiedenes. E riese Werk, en Zirkus un e Theater. En Haufe G'schrei, e G'schwätz un e G'mach un ein Mordsg'sprattl. Ein Hin un Her, do ebbes, dort ebbes. Des un sell. Fürz un Kram. Versteh'sch?

Vollkomme. Ich seh's direkt vor mir, des kontroverse Diskutiere. Also des haißt, es wird widder später.

Des will i doch die ganze Zeit sage! Aber du hör'sch jo net zu! – Was isch? Bi'sch noch dra?

Ich hör zu.

Ha'sch was? Warum sag'sch nix? Es isch doch was! Des hör ich doch.

Wie will'sch denn was höre, wenn ich garnix sag?

Des hört mer schon, wenn jemand nix meh sagt. Weil mer hört, daß er nimme schwätzt. Also, was hasch?

Ach, nix. Ich hab halt g'maint, du hätt'sch wege mir a'grufe.

Des hab i doch!

Aber bloß, um zu sage, daß'd später komm'sch.

Ja, hätt i des net solle?

S'hätt mi halt g'freut, wenn garnix g'wese wär un du hätt'sch trotzdem a'grufe. Aifach so. Wege mir.

Wie? Was hätt i denn sage solle?

Zum Beispiel froge, was ich dehaim mach. Wie ich mich fühl. Ob ich nach de Sitzung net noch vorbeikomme wollt, weil mir dehaim d'Deck uff de Kopf fallt. S'könnt doch a mol sei.

Ja, däd'sch noch komme wolle? – Warum net? In're halbe Stund sin mer mit dem Punkt Verschiedenes durch. Du könnt'sch . . .

Sei mer net bös, Willi, aber heut möcht i nimme aus'm Haus. Ich fühl mi grad so wohl. Ich hab mir's so schön g'mütlich g'macht. Hab e paar Kerzle a'gezündet, mir e Gläsle Sekt ei'gschenkt un bequeme Sache a'gezoge. So richtig kuschelig.

Was treib'sch denn?

Ach, nix B'sonderes. Alles Mögliche.

Guck'sch fern?

Ja, nai. Aigentlich net. Ich hab de Ton abg'stellt. Hab grad e CD laufe. Wart, ich stell lauter.

Laß, Conny! Brauch'sch net! Ich muß . . .

Hörsch's?

Keith Jarrett. Oder?

Tolle Musik. Ich lieg uff de Couch un les. Vorhin hab i lang mit de Moni telefoniert un e paar Stricksache gedämpft. Zwischedurch hab ich endlich die groß Bananepalm im Schlofzimmer umgetopft. D'Urlaubsbilder g'höre sortiert un ei'geklebt. Vielleicht mach i des noch. Mol seh. Nachher leg i mi in d'Badwann un mach ausgiebig Schönheitspflege.

Ha'sch denn de Kühlschrank schon ausg'wasche?

Willi! – Woher wai'sch . . .? – Ach Mensch, so e Sauerei!

Hoppla, was war des? Isch dei Sektglas runnerg'floge?

Ach was! E Milchflasch. Ich wasch grad de Kühlschrank aus. So nebeher beim Telefoniere. Do frog'sch du mich, ob ich de Kühlschrank scho ausg'wasche hab! Ich hab plötzlich g'maint, du guck'sch mir über d'Schulter! Des gibt's doch net!

Ich hab di net verschrecke wolle. Entschuldigung, Conny.

Dann hätt'sch des net grad in dem Moment sage dürfe, wo ich des mach! Wie komm'sch überhaupt druff, daß ich de Kühlschrank auswasch? Gib's zu, du ha'sch was scheppere g'hört.

Wirklich net. De Zeitpunkt war Zufall. Aber daß du des mach'sch, war mir klar.

Des kann net sei, Willi! Des hab ich doch selber net vorg'habt!

Ja, des isch typisch für die Situation. Was mer vorhat, macht mer nie. Aber des g'hört halt dezu.

Was g'hört zu was?

Kühlschrankauswasche g'hört standardmäßig dezu, wenn du in de Wohnung e bißl rum un num mach'sch.

Was? Rum un num? – Hab ich sowas g'sagt?

Net direkt. Aber du ha'sch verzählt, was'd treib'sch. Des un sell, hin un her, halt Fürz un Kram. Un des haißt eindeutig in de Wohnung rum un num g'macht. Du hätt'sch im Grund net groß uffzähle müsse, was du alles mach'sch. In de Wohnung rum un num hätt g'langt. Unser Sprach isch halt knapp un präzis.

S'öffentliche Mitg'fühl

S'isch so e Städtle
ich waiß net
wie i sage soll
daß i nix Falsches sag

bei uns gibt's noch sowas
wie mitmenschliche Nähe
un e schöne soziale Kontroll

do kennt jeder noch jeden
intim vom Höresage
mer helft sich gegeseitig noch
sei Kreuz zu trage
oder guckt sich wenigschtens
int'ressiert beim Trage zu

so e Städtle
wie soll i sage
daß i nix Falsches sag?

wo hinner jeder Straßeeck
in jeder Kasseschlang am End
s'öffentliche Mitg'fühl lauert
ob was passiert
wo mer mitfühle könnt

wenn bei uns – sage mer
en Mann im reifere Alter
mit'me bekümmerte G'sicht
beim Urolog im Wartezimmer sitzt
die Neue Revue weglegt
Däumle dreht
un so e bißl schwitzt
dann wird er morge
vom halbe Städtle
amüsiert bedauert.

Völleg'fühl

34 Programme
kann ich seh
frei Haus
dezu noch
s'Regionalfernseh

irgendwie
halt ich des aus
nur Blähunge im Kopf
könne halt nirgends raus

wär nur de Kopf
halb so empfindlich
wie de Mage

will sage –
Entschuldigung

s'Hirn rauskotze
wär e Erleichterung.

De Herr Eisele

Uff dem schwarze Schildle an seiner weiße Kutt steht: Herr Eisele. De Filiallaiter vom Supermarkt isch bei de Kundschaft allgemain beliebt. Alle möge'n gern. Bisher hab ich a immer dort ei'gekauft. Der Slogan hat mir g'falle. „Prima leben und sparen". Wer will des net?

Mitte vierzig dürft er sei, de Eisele. Schwer zu schätze. So'n Typ, der kai Falte, bloß Fältle kriegt. Den s'Lebe glattbläht un ausstopft. Mit sei'm rosig runde Männerbubeg'sicht unner de Stirnglatze, die flaischige Händ mit de Wurschtfinger, d'Handfläche offe nach hinne gedreht, nebe de Kuttenaht baumle, wirkt er gutmütig un sympathisch u'beholfe. Dick isch er aigentlich net. Nur massig un schwer. Irgendwie macht er en stationäre Ei'druck. Wie e g'mütliche, rundum solid gepolschterte Plakatsäul. Er hat was Tapsiges. Wenn er zwische seine Regale hochragt, bestimmt en Meter neunzig groß, sein Lade überwacht, hat er was von'me Braunbär im Zoo, dem en zug'worfener Zuckerwürfel von de Stirn abgeprallt un in de Grabe vom Freigehege g'falle isch.

Immer hat er e Späßle parat. Für jeden hat er e freundliches Wort. Alle kenne ihn nur gut g'launt, abg'seh vom Personal. Also sei Filial hat er im Griff. Do gibt's nix. Bei so'me Weiberlade müßt mer durchgreife, hat er mir mol zug'flüschtert. Von Mann zu Mann. Schlimmer als en Sack Flöh hüte, sei des.

Wenn e Kundin, besonders e jüngere, am Weinregal steht, biegt er elegant um d'Eck. Er verbeugt sich g'schmeidig. Debei überprüfe seine Finger automatisch de mittlere

Kutteknopf. Der isch immer korrekt g'schlosse. In solche Situatione erinnert er mich e bißl an unsern jetzt schon arg langjährige Bundeskanzler, nur viel charmanter. Wie g'ölt von de Lendewirbel bis zu de Stimmbänder. „Kann ich Ihne behilflich sei?" Bei nimme ganz so junge Fraue sagt er noch „Meine Dame" oder „Gnädige Frau" dezu. Er isch kurz vor'm Handkuß. „Rehrücke? – Wunderbar! Au, da hätt ich Ihne en schöne Burgunder." Bei Hochbetrieb, wenn d'Kasseschlang von hinne drängelt, kriege alte Leut beim Zahle oft de Datterich. Mit zittrige Gichtfinger stochere se nervös in ihre Geldbeutel. De Eisele kommt zu Hilf. Er nemmt ihne d'Ware vom Band un packt se umsichtig in ihre Tasche un Ei'kaufswägele. „Immer mit de Ruh", sagt er, „nur net huddle." Er kann sich alle Krankhaite un sämtliche Gebreche merke. Selte vergeßt er, sich zu erkundige. „Gell, heut geht's uns net gut, Frau Albicker. Ja, des Wetter isch Gift für d'Knoche. S'macht sogar jüngere Leut zu schaffe." Er verzieht s'Gsicht, als hätt er die gleiche Schmerze. Sowas möge alte Leut. Es macht se jünger. Un wenn e halbblindes Mütterle aus'm nahe Seniorestift vor'm Kühlregal e Schachtel Camembert zwai Zentimeter vor de Auge dreht, zieht de Eisele sei Hornbrill aus seiner Brusttasch un lest laut Preis un Verfallsdatum vor. Er waiß genau, wer nimme gut hört.

„Zwai Mark neuneneunzig! Gekühlt haltbar bis 13. 09. 98!" hat er kürzlich einer spindeldürre alte Dam ans Hörgerät g'schrie un mich mit're schnelle Drehung hinner sich vorbeig'laßt. „Geht's, Herr Dürr? Wär doch g'lacht, wenn mir mit unsere Revuekörper ner ... au, ich hab übrigens en feine Grappa rei'kriegt." Die Frau hat e weinrote Samtkapp mit Fasanefedere getrage. Des Ding hätt aus de Requisitekammer vom Badische Staatstheater sei könne. Ihre verwelkte Bäckle ware rosarot gepudert. Wie g'schminkt fürs ewige Lebe. Aus hunnert Falte un Runzle hat se zum

Eisele hochgeblinzelt. Ich hab ihr Krächzstimmle hinner mir g'hört. „Wer waiß, Herr Eisele, ob ich überhaupt des Verfallsdatum von dem Käs noch erleb." De Eisele hat g'lacht un des Bündele Frau aus blaue Äderle un Knoche an sich gezoge. Sacht, daß er ihr nix brecht. „Ach was, Frau Dönhoff!", dröhnt sein Baß, „s'Jahr Zwaitausend nemme mer noch mit! An dem Silveschtermorge trinke mir zwai do im Lade e Glas Schampus z'amme. So wahr ich Edgar Eisele haiß!" Er legt ihr de Käs zum Katzefutter in de Wage. Niemand hätt dere Frau in dem Augeblick was schöneres sage könne. E Seel von Mensch, der Eisele, denk ich bei mir.

U'gfähr e Woch später hab ich Lyoner zum Frühstück g'holt. Ich war verhältnismäßig früh dra, weil i net im Bett war. Die Kassiererinne habe Geldrolle an d'Kasseränder g'schlage, ihr Wechselgeld in d'Fächer klimpere lasse. De Metzger, de Monsieur Gunzet aus'm elsässische Seltz, war beim Messerwetze. De Eisele schwitzt vom Delegiere, Kontrolliere un Verantwortung trage. Zwischedurch stellt er sich an d'Kästhek, eßt sein Weck weiter un studiert s'Lokalblättle. Sein Handrücke schlagt über die letschte Seit. „Hermine Dönhoff", lest er laut beim Kaue, „im Alter von 86 Jahren sanft entschlafen". Er klappt sei Brill z'amme. „Jetzt hat se s'Verfallsdatum von ihrem Käs doch net überlebt! Hoffentlich hat se'n vorher g'veschpert." Er geht langsam nebe mir zur Kassezeil vor. „Es geht ai'm doch e bißl nah, wenn so e alte Stammkundin . . . viel gekauft hat se net, aber regelmäßig. Kleinvieh macht a Mischt."

Am Ei'gang stellt de Stammberber vom Marktplatz, de Rastätter Hannes, seine Plaschtiktüte un sein speckige Schlofsack ab. Im Sommer g'hört er zum Straßebild. Wo er sich über de Winter rumtreibt, waiß niemand. Sein Bettelbetrieb isch inzwische so gut ei'gführt, daß er als Chef net immer selber debei sei muß. Oft steht nur sei Gepäck un de umgedrehte Cowboyhut mit'me Waschbäreschwanz an de Hauswand. Un en Karton. „Mensch in Not bittet um eine kleine Gabe". Ab un zu kommt er vorbei un macht Kass. Manchmol liegt en Apfel oder en thermoverpackter Flaischkäs von de Warmthek aus de Metzgerei Scharf drin. S'isch gut g'maint. Er nemmt's. Aber Geld wär ihm lieber. Mit Naturalie kann er am Stehausschank vom Kiosk kain Schnaps kaufe. Was nützt ihm e gute Grundlag, wenn er nix zum Trinke hat? Er sei früher zur See g'fahre, sagt er. Hätt die ganze Welt g'seh. „Von Port Said bis Sidney, von Antwerpen bis Buenos Aires kenn ick jeden Puff!", schreit er manchmol mit seiner versoffene Reibeisestimm. Zum Beweis krempelt er seine dreckiche Hemdärmel hoch. Zaigt seine Tätowierunge. E dreifarbig verschwommenes Seemannsgrab. Ein beliebtes Motiv. Hinner me schwertdurchbohrte Herz mit Anker geht rot d'Sonn unner. Zwai Fraueg'sichter mit altmodische Dauerwelle am Oberarm. „Hilde" durchg'striche. „Rosi" net. Solche Bilder kann mer sich überall in d'Haut stichle lasse. Heut sowieso. In jedem Tattoo-Shop. Vielleicht war er net weit, sondern nur lang fort. Zwölf Johr ohne Bewährung oder so. De Eisele isch sicher. „Der? Zur See g'fahre? San Franzisco? – Santa Fu, ja!", lacht er und brummt. „Der hat mer jetzt grad noch g'fehlt."

De Hannes schlurft zum Backwarestand. Elendsgebeugt bleibt er stehe, kramt in seiner Parkatasch. Er schiebt e paar Münze uff de Handfläche hin un her. Verzweifelt kratzt er sich mit seine braune Raucherfinger im Haarg'strüpp. Er schluckt schwer un bitter, schlagt d'Auge himmelwärts zur Deck. Zu'me grausame Herrgott hoch. Langsam, mit drei gebrechliche Altmännerschrittle uff de Stell, dreht er sich um. Als wollt er raushumple. Still, unaufdringlich un demütig. Gradwegs in de Hungertod. Natürlich isch kai Bewegung zufällig. Kai Mienespiel isch von de

Wirkung her verschenkt. De Hannes isch Profi. Kaltblütig schleppt er sich Richtung Ausgang. Er nemmt seine Sache vom Bode. E Zehntelsekund, bevor de Eisele ruft: „Komm, laß dei Geld stecke, s'langt sowieso net!“, laßt er se widder falle. Mit ai'm Mol kommt Lebe in die Jammerg'stalt. Elastisch dreht er sich um. De Eisele gibt Anweisunge: „Sonja, gebe Se dem arme Lazarus e Brezel! Aber kai schwäbische, sondern e badische! Mit Butter druff!“ Aus dem Regal bei de Kass greift er e Päckle Zigarettetabak un en Flachmann Senator-Weinbrand. „Da!“ De Hannes steht do, wie vom Blitz der Wohltätigkait getroffe. Jetzt spielt er net. In seine gelblich trübe Augäpfel hänge sogar zwai halbechte Träne. Ob er noch richtig heule kann, waiß i net. Mit ausgebraitete Ärm wankt er uff de Herr Eisele zu, um sich mit Körperkontakt zu bedanke. Der macht schnell en Schritt z'rück un wehrt ab. Net nur aus Beschaidehait. „Scho gut! Heut isch Feiertag. Sankt-Eisele-Tag! Verzähl's net rum. Net daß mir dei ganze Mischpoche von de Gaß in de Lade kommt! Komm, zieh Leine!“ Mit tiefe Bückling, rückwärts, wie nach're Audienz beim Sonnekönig, entfernt sich de Hannes. „Bevor mir der Kerl zwische de Regale rumschleicht un sich selber bedient“, erklärt mir de Eisele. Ich könnt mir net vorstelle, was zur Zeit geklaut wird.

Mir stehe in de Morgesonn vor'm Lade. Kürzlich hätt er zwai an ai'm Vormittag verwischt. Erscht en Schüler. So'n dreizehnjährige Rotzlöffel vom Gymnasium. In de große Paus. E Büchs Ice-Tea zum Zahle in de Hand. In de Jack Radiobatterie, Zigarettetabak, drei Päckle. Er hätt'n a'zaige müsse. Wollt aber dem Kerl d'Zukunft net versaue. „Wenn der noch e frech's Maul g'habt hätt, wär er fällig g'wese“, sagt de Eisele. Im Büro hinne hat er ihm d'Levite g'lese. Dann d'Eltern informiert. Der Bu hätt geplärrt wie en Schloßhund. „Aber klaue kann'sch!“, hätt er ihm g'sagt. „Do kann ich dir net helfe, do mu'sch halt jetzt durch!“

E Viertelstund später hätt de Vadder, en freier Architekt, sei Früchtle im Porsche abg'holt. Fix un fertig, der Mann. Was mache? Strafe muß sein. De Eisele schlagt vor: Arbeitseinsatz an vier Samstäg. Punkt siebe vor de Filial. Auslade helfe, Ware sortiere. Der Vadder – de Name wollt er net nenne, hätt' Träne der Dankbarkait in de Auge g'habt. Er hätt ihm vor Freud un Erleichterung en Hunnerter in d'Kuttetasch g'steckt. Wenn er's glei g'merkt hätt, hätt er'n net g'nomme.

Er unnerschreibt en Lieferschein uff'me Fahrerbuckel un zieht e Zigarett aus'm Silberetui.

„Fall zwo", sagt er. „Wenn ich Ihne sage däd, wer – Sie würde's net glaube. Sie kenne die Frau. Lokalprominenz." Suppegrün un Magerquark hätt se zum Zahle im Wage g'habt. Un so'n vornehme Tragbeutel von're Damewäsche-Boutique. Aus dem hätt er dann im Büro, dezent bei g'schlossener Tür, Ware für gut zwaihunnert Mark rausgezoge. Zwische Strapsgürtel un schwarze Spitzehösle. Kaviar, französiche Trüffel, Gänseleberpaschtet. Alles aus de Delikatessevitrin. „Was fällt Ihnen ein!", hätt sich die Frau uffspiele wolle. Sie hätt die Sache in Gedanke statt in de Wage in die Tüt g'legt. „Gnädige Frau", winkt er ab, „des könne Se ai'm verzähle, der d'Hos mit de Beißzang a'zieht." – „Unverschämtheit!", schimpft se. Er greift ganz ruhig zum Hörer. Mitte im Wähle heult die Frau los wie e Siren. Die ganz Schminkbrüh sei ihr übers G'sicht g'laufe. „Alles kann i vertrage, bloß kaine Frauetränе", sagt er. Er hätt uffg'legt. In dem Moment fallt ihm die Frau um de Hals. Erscht aus Dankbarkait. Dann . . . also mit der hätt er alles mache könne. Die hätt ihm schier s'Hemd vom Leib g'risse. Er hätt alle Müh g'habt. „Bitte gehe Se!", hätt er g'sagt. „Un kaufe Se in Zukunft bei de Konkurrenz!" Mit de Kundschaft ging bei ihm nix. Scho garnet im G'schäft. Aus Prinzip.

Er beugt de Kopf zu mir, dämpft sei Stimm un zwinkert mit ai'm Aug. „Ein Superweib. Eine Figur, pah!“ Er guckt sich schnell um, ob uns irgendwer sieht. Dann wiegt er in baide Handfläche unsichtbare schwere Kugle vor seiner Kuttebruscht. „Solche Dinger. Wie Honigmelone“, raunt er mir durch de Mundwinkel zu, ohne mich a'zugucke. Seine Händ falle widder nebe d'Kutt. Die linke boxt an mei'n Oberschenkel. „Do!“ Ich guck zwische uns runner. Durch d'Finger hat er de Daume aus de Fauscht gedrückt. „Die braucht's. Do lauft doch bei ihrem Alte dehaim nix meh. Der geht fremd. Mit der ihre Straps schießt der doch höchschtens noch Krampe. Deshalb klaut die. Ersatzhandlung“, brummt er zwische de Zähn durch. Plötzlich strafft er sich widder zu voller Größe. Es nähert sich e gepflegte Frau mit Kinnerwage. Er lacht ihr entgege wie e Kinnersonn. Oder wie'n Pfannkuche. Noch halb zu mir, ohne Mundbewegung jetzt, s'isch nur noch e Gemurmel in sei'm Kopf, hör ich: „Deschunserfrauebeauftragte.“ Knopfkontrolle vor'm Bauch. Schon schwenkt er kavaliersmäßig g'schmiert ab. „Wunderschöne gute Morge, Frau Frick-Schönleber!“, singt er. Kleine Verbeugung. „Ihre Spargel hab ich schon zurücklege lasse. Frisch g'stoche. Wie g'malt!“ Er guckt in de Kinnerwage, schüttelt de Kopf, daß d'Backe wackle. „Was macht denn unser Wonneproppe? Was macht er denn? Du-du-du!“

Neulich hab ich im Vorbeigeh Zigarette g'holt. So um elf war's. De Eisele steigt grad mit de Schlagbohrmaschin von're Klapplaiter bei de Kasse. Körperlich hab ich'n selte schaffe g'seh. Er schwitzt. En Azubi fegt de Gipsstaub z'amme. De Eisele klopft sei Kutt ab. Er zieht sei Krawatt straff un guckt zur Deck, wo e großes Plakat schaukelt. Beim Z'rücktrete steht er mir uff de Fuß un dreht sich um. „Hoppla, des war Ihrer, gell!“, lacht er. Es tut en Moment saumäßig weh. „Na, hängt's grad? Oder kann mer Sie sowas um die frühe Tageszeit noch garnet froge?" Ich hab mi g'ärgert. Erschtens über die Art von Entschuldigung. Bei mei' m Schmerz. Dann über die blöd Bemerkung über mei Lebensweis'. „Perfekt", hab i g'sagt, „soweit ich des so früh am Morge scho beurtaile kann!" Er hat mei Retourkutsch g'merkt. „War doch nur e Späßle, Herr Dürr." Uff dem gelbe Plakat steht in dicke, schwarze Druckbuchstabe:

„Jeder Diebstahl wird sofort zur Anzeige gebracht. Denken Sie an Ihre Zukunft!"

De Eisele zuckt mit de Schulter. „Ob's was nützt, waiß i net. Wem kann'sch heut noch mit seiner Zukunft drohe?", sagt er. „S'gibt immer mehr Leut, also wenn dene ihr Zukunft ei'fallt, sin se zu allem fähig." Aber er müßt jedenfalls was mache. Die Ladediebstähl seie sprunghaft a'gstiege. Un grad in seiner Filial. Er hätt den Verdacht, daß irgendwer im große Stil die Regale abg'reift. Un zwar gezielt. Systematisch. Schwerpunktmäßig die Eck mit teuere Konserve un fremdländische Lebensmittel. Heut morge hätte widder chinesische Trockepilz un drei Lacroix-Suppe g'fehlt. De Eisele kriegt Schweinsäugle. „Irgendwann geht mir der dicke Fisch ins Netz!"

An'me Samstagmorge hab ich'n Großeinkauf g'macht. Unner annerem fünf Beutel Tomatesupp zum A'rühre. Die verfeiner ich dann mit Rahm, Tabasco, Estragon, Kognak, Sherry oder was i grad dehaim hab. E verdrückte richtige Tomat koch ich ung'schält mit. G'schmacklich bringt's net viel. S'isch bloß wege de Optik. Mit Häutle un Kernle drin sieht so e Supp frischer un selberg'machter aus. Un g'sünder vor allem. Ich hab obends Freunde zum Esse ei'glade g'habt. Umweltengagierte, g'sundhaitsbewußte Leut. Ökologische Feinschmecker. Dene hab ich mol aus Verlegehait so e Süpple g'macht, weil i vergesse hab, Tomate ei'zukaufe. Ich hab e bißl g'schwindelt. Seither sin die ganz verrückt nach meiner hausg'machte Supp aus frische, unbehandelte deutsche Bauretomate von'me Ökolandwirt, den ich persönlich kenn. D'Fraue wolle immer mei Rezept wisse. Ich verrat's net.

Ich pack zwai Händvoll vorgeputzte Feldsalat in so'n ärgerlich glatte un dünnhäutige Zellophanbeutel aus de Abreiß-Vorrichtung. Ich such lang nach de Feldsalat-Tascht. Dann drück i druff. De Kleber kommt aus'm Schlitz un bleibt mir am Daume hänge.

In dem Moment glaub ich, am linke Blickfeldrand e viel zu langsame Bewegung zu sehe. Was Gelbes mit schwarz. Ich schiel rüber. Über de Kischt mit de Mandarine schwebt e Hand. Schwarz. Sie greift zu wie in Zeitlupe, wandert mit're Mandarin drin, eng an'me Körper entlang, in en Kittel un kommt leer widder raus. So verschwindet noch aine. Un noch aine. Jesses, der klaut! Ich will weggucke, kann's aber net. De Eisele fallt mer ei. Ich denk, hör uff, du Idiot! Hau ab! Was will denn en Mensch mit so viele Mandarine? Plötzlich, er will grad widder so e gelbe Frucht in die Innetasch von sei'm Sakko plumpse lasse, dreht er de Kopf. Sekundelang gucke mer uns in d'Auge.

Er isch ziemlich schwarz, aber kain Neger. Jedenfalls kain afrikastämmiger. Ein Schwarzer, der glatte Haar un normaldünne Lippe hat, isch kain richtiger Neger. Vielleicht isch's en Inder. Oder en Tamile. Es sieht so fremd aus, so von weither, daß mer sich net vorstelle kann, wo der uff d'Welt komme isch. Nach're wunderschöne, winzige Insel im Pazifik sieht er aus. Nach'me Fleckle Erd uff de Rückseit von de Weltkugel, hinne unne.

So stehe mer do. Ratlos im Moment. Er mit dere halbgeklaute Mandarin in de Hand unner'm viel zu große Sakko von de Altklaidersammlung. Ich mit'm Klebzettel vom Feldsalat am Daume. Blaß wie ich kann er net were. Er verschreckt mit de Auge. Ich will ihm klarmache, daß er vor mir kai Angscht habe braucht. Daß ich'n net verpfeif. Wortlos will ich'm sage, daß es mir egal isch, was er do grad macht. Ich lächl bei g'schlossene Auge, schüttel leicht de Kopf, zuck mit de Schulter un wink ab. Er kapiert's net. Dann seh ich, wie sei Hand aus'm Kittel vorkommt. Mit der Mandarin drin. Er legt se z'rück. So auffällig langsam, wie er se g'nomme hat. Er holt die nächschte. Legt se z'rück. Noch aine. Un noch aine. Jedesmol guckt er zu mir her, ob ich's g'sehe hab. Er will sei Delikt vor meine Auge rückgängig mache. Laß den Quatsch, schreit's in mir. Des Rausshole isch doch so g'fährlich wie's Ei'stecke! Ich will mi nach'm Eisele umgucke un spring vor seiner weiße Kutt zur Seit. Wie aus'm Bode g'stampft steht er do. Er packt den schmächtige Kerl am G'nick, schüttelt'n wie e Katz. „Die Sort hab i gern! Die Sort hab i sogar ganz b'sonders gern! Du herg'laufener Zigeuner, du!", brüllt er. Er isch wie verwandelt. Als hätt er en böse Schwellkopf überg'stülpt. Er isch kalkweiß. In sei'm G'sicht zuckt alles, de Mund hat sich zu'me schmale Schlitz verzerrt. Am Jackekrage zieht er den Dieb zu dem Warnplakat über de Kassezeil. Die Kassiererinne stehe in ihre Boxe, daß se alles mitkriege. „Do guck!" Mit de freie Hand deutet er hoch. „Du nix verstehen, gell? Dir Zukunft egal, weil keine haben!" Bei jedem Wort duckt sich der Mann hinner sein Elleboge. Er hat die nackte Angscht im G'sicht. De Eisele schimpft in Richtung Kundschaft: „Dehaim im Busch noch über de Bengel scheiße, un bei uns d'Gschäfte leergreife! Mir habe vielleicht was im Land! Bei uns drückt alles rei wie's Hochwasser!" Ruckzuck biegt er dem Inder oder pazifische Insulaner de Arm über de Rücke. Dem falle d'Haar übers G'sicht. Sei Nas stoßt beim Voranstolpere beinah an d'Knie. So bugsiert de Eisele die krumme G'stalt im Eilschritt durch d'Regalgäng, knapp an de Kante vorbei. Dose falle, e Gurkeglas verplatzt am Bode. „Hopp!" keucht er, „auf, auf! In meiner Filial klau'sch du nix meh! Lumpeziffer!" Er schubst den Mann die drei Treppe zum Büro hoch. Der stolpert, verliert en Turnschuh ohne Bändel. De Eisele kickt'n aus'm Weg.

De Herr Gunzet kommt mit'me Rippestück am Hake vom Kühlraum. Er schwingt's uff d'Schneidplatt, legt sei Messer weg. Falls de Chef Hilf braucht. Vor'm Filiallaiterbüro sammle sich neugierige Kunde. Durch die offene Tür un e große Glasscheib kann mer nei'gucke. Ich bin mit nach hinne komme. Zur soziale Kontroll, sag ich mir. So wie der Herr Eisele aussieht. Wie der sich schlagartig, direkt unhaimlich verändert hat! Mer könnt selber Angscht kriege. Wer waiß, was der mit dem arme Teufel macht, wenn er sich unbeobachtet fühlt? Der Mann braucht jetzt den Schutz der Öffentlichkait. Debei bleibe! Des isch e Grundregel bei solche Fäll.

De Eisele drückt den zierliche Schwarze uff'n Stuhl am Schreibtisch. Er selber bleibt steh. „Auspacke, los! Die geklaute Ware uff de Tisch!" Er wählt die Nummer vom Polizeirevier. Die kann er auswendig. Zwischedurch schnauzt er über de Tisch: „Wird's bald!" Er telefoniert. Der schwarze Inder hat de Kopf g'senkt. Er schielt zur Tür. Plötzlich springt er hoch. „Achtung, der haut ab!", schreie d'Leut drauße un dränge z'rück. De Gunzet springt hinner seiner Thek vor. Aber de Eisele isch schneller. De Hörer poltert uff de Schreibtisch. Sei weiße Kutt füllt de Türrahme. Er gibt dem Kerl e Ohrfeig mit de Fauscht. Genau hab i's net g'seh. Aber ich glaub, s'war mit de Fauscht. Beschwöre könnt i's net. Nebe mir preßt e ältere Dam e Spitzetüchle vor de Mund. „Jesses, Herr Eisele, mache Se sich net u'glücklich!" En Rentner fuchtelt mit sei'm Stock. „Mit Samthandschuh a'fasse bringt doch bei dene nix! Wo der herkommt, herrsche ganz annere Sitte."

De Eisele hat den Mann blitzschnell im Schwitzkaschte

gepackt. Der Kopf in seiner Armbeug röchelt. Beim Eisele sieht mer im G'sicht, daß er fescht zudrückt. Er beißt sich uff d'Unnerlipp, schnauft schwer durch d'Nas. Der Körper, den er über en Umweg zum Stuhl zieht, wird in de Hüfte schlapp. D'Füß stolpere kaum noch mit.

„Jessesmariaunjoseph, Herr Eisele, Sie bringe den Mann jo um! Höre Se doch uff!", jammert die Dame mit dem verknüllte Spitzetüchle. „Sowas!", dreht sich e annere Frau zu mir um. „Hätte Sie dem Eisele des zugetraut?" Ich schüttel stumm de Kopf. „Also, daß der so beweglich, direkt sportlich isch! Do sieht mer's widder. Die Dicke!" Der Rentner deutet mit sei'm Stock zum Büro, dann Richtung Ausgang. „Der kann noch von Glück sage!", krächzt er. „Nach'm islamistische Schnellrecht däd der schon do drauße mit de ab'ene Hand rumspringe, net wahr!"

Innerlich bin ich am Bebe. Mein Mund isch trocke. Ich muß schlucke. Jetzt isch g'nug. Zeit zum Handle! Du wollt'sch gucke, daß dem Mann nix passiert. Un net zugucke, wie'm was passiert! So sag ich mir. Mit zittrige Knie mach ich en entschlossene Schritt vor. Dann bleib i steh un überleg fieberhaft. Doch, es g'hört was g'macht! Es g'hört was g'sagt! S'ghört nimme tatelos zugeguckt. Oder s'ghört fortg'ange, dann hat mer nix g'seh un fertig. Sag ich mir.

De Eisele stoßt mit dem Kopf in de Armklammer gege e Tischeck. Es isch möglicherweise in der Hitze des Gefechts passiert. Ohne Absicht. Wie er s'Hinnertail von dem Mann mit'me Hüftschwung uff de Stuhl dirigiere wollt. S'hat gebollert. „Schluß jetzt! Sie Rassischt!", schreit's aus mir raus. Ich bin enttäuscht. S'war viel zu leis g'schrie. Irgendwie isch's net richtig rauskomme. Grad am Schluß hat sich's in en zivilisierte G'sprächston verlore. Wie zu mir selber g'sagt. Vielleicht, weil ich den Herr Eisele schon jahrelang als en freundliche Gemütsmensch kenn. Immerhin, so leis war mein Protescht net. De Nebemann, en Handwerker mit're Veschpertüt, sagt: „Sie habe recht. Aigentlich g'hört was g'macht. Der Mann g'hört angezaigt!" Er guckt uff sei Uhr. Beim Gehe schüttelt er de Kopf.

Vorne hat sich die Lage entspannt. Der Schwarze starrt uff de Bode. Z'ammeg'sunke sitzt er am Tisch. Aus'm Socke guckt der große Zeh. Sein Turnschuh liegt noch drauße. An sei'm Sakko hänge löcherige Fetze vom Taschefutter. De Eisele hat ihm alle Tasche umg'stülpt. Bis zu de Oberärm hat er in dem Kittel g'wühlt, de Rückesaum abgegriffe. Jetzt liege e paar persönliche Sache von dem Mann uff'm Tisch. En blauer Paß, e Bündele Luftposchtbriefe mit'me Gummi drum, en Kuli, en Schlüssel. Des Diebesgut liegt extra. S'isch nur e Mandarin. De Eisele wollt's net glaube. Vor Wut un Enttäuschung hätt er dem Mann schier s'Hemd vom Leib g'risse. Aber er hat nix meh g'funne. Bei der Mandarin isch's gebliebe.

„Des isch Mundraub", sagt jemand. „Den lasse se glei widder springe." De Rentner hebt sein Stock. „Der wird überprüft. Wenn'd recht guck'sch, hat der Kerl netmol e Aufenthaltsgenehmigung. Irgendwas habe die immer uff'm Kerbholz, netwahr." Er brummt was hinnerher. „Die Halbaffe!", glaub ich, g'hört zu habe. Ich krieg en Zorn. Ich könnt dem alte Idiot mit dere Großpackung Kukident im Wage grad sein Stock über de Schädel schlage. S'ghört grad g'macht. De Eisele nemmt mit spitzige Finger den Turnschlappe vom Bode un tragt'n am weit ausg'streckte Arm zum Büro. Vor dem Mann, der immer noch zwische de hochgezogene Schultere nach Luft schnappt, laßt er'n falle. „A'ziehe! Verschwinde!", kommandiert er. Aber der bleibt sitze. Er hebt nur de Kopf, guckt am Eisele hoch. Sei rechte G'sichtshälfte glänzt naß. S'Aug hat sich rot g'füllt. „Der blutet jo!", ruft e Frau. Sie hat recht. Jetzt seh ich's a. Uff so schwarzer Haut hat Blut kai Farb. Es sieht bloß naß aus. Bei weißer Haut sieht mer jeden Tropfe. Do greift mer ei. Aber wenn'd nix sieh'sch?

Im Publikum schwätzt alles durchenanner. Blut bringt Lebe in d'Leut. Ringsum hör ich:

„Der arme Kerl! Wege so'me Mandarinle!"

„Geklaut isch geklaut. Wieviel isch egal. Die Mandarin isch Fakt!"

„Ach Gott, des sin doch a Mensche!"

„Aber was für! Wenn's nach mir ging, däd der morge bei sich dehaim am Strand widder Kokosnüß verkaufe!"

„Politisch verfolgt? Höre Se doch uff!"

„Dann kriege se Kinner wie d'Orgelpfeife. Un wer zahlt des Kinnergeld?"

„Schwätze Se net so'n Blödsinn doher! Sie ... Sie Faschist!"

„Vorsicht, gell! Überlege Se sich, was Se sage!"

Em Monsieur Gunzet wird's zu laut. Er ruft hinner seiner Thek vor: „Jo jetzt he'ren emol uff mit dem Schißdreck do, enfin!"

„Ihr Wagges mit euer'm Le Pen haltet besser s'Maul!", schimpft jemand.

De Eisele marschiert in sei'm Büro auf un ab. Wie'n Wachsoldat, der en G'fangene bewache soll, den er gern los wär. Er deutet nochmol dringend Richtung Ausgang. „You can go! Kapito?" Der G'fangene rührt sich net. Sein Hemdkrage färbt sich rot. De Eisele laßt sei schwere Händ nebe d'Kutt falle. Er sieht erschöpft aus. Wie nach'me A'fall. Langsam kriegt er widder e g'sunde Farb ins Männerbubeg'sicht. Er verwandelt sich z'rück in den nette Herr Eisele, wie ihn alle kenne un möge. Nur seine Daume schrappe nervös an de Zaigefinger entlang.

Die Zuschauer were widder Kunde. Sie gucke uff ihre Ei'kaufszettel un greife nach de Wäge. Plötzlich habe's alle eilig. De Herr Eisele ruft von de Bürotrepp: „Ach bitte, bleibe Se doch noch'n Moment! Nur e paar Minute. D'Polizei muß jeden Augeblick komme. Sie könne doch bezeuge, daß des Notwehr war?" D'Leut verschwinde zwische de Regale. De Metzger macht sich im Kühlraum zu schaffe. Ich will mit vorsichtige Rückwärtsschritt aus'm Blickfeld, bin beinah um d'Eck. Do ruft er: „Herr Dürr, warte Se doch noch e Minut! Sie habe's doch net eilig!" Ich mach en forsche Schritt vorwärts, streck de Daume mit dem Kleberle vom Feldsalat hoch. „Um was geht's, Herr Eisele? Ich komm grad vom G'müs vorne!"

G'schenkt oder fortg'schmisse isch's schnell

Jaja, klar. Des könne Se mitnemme. Mir wollte's doch eh fortschmeiße. Sonscht hätt i's net zum Sperrmüll g'stellt. Nix wie weg mit dem alte G'lump! Daß es Platz im Keller gibt.

Kriege S'es in Ihr Auto? Warte Se, ich helf Ihne.

Was wolle Se aigentlich mit dem Schrotträdle mache? – Repariere? So? Aha. Für Ihren Enkel widder herrichte? Wie alt isch's Enkele? – Zehn! Ha ja, do wär des Rädle in de Rahmehöhe genau richtig. Wenn i's jetzt so a'guck. Also der Rahme isch noch bodegut. Kai Fleckle Roscht. S'war kai billig's Rad! Mir habe – lasse Se mich überlege – an die dreihunnert Mark bezahlt. S'war domols viel Geld für e Fahrrad. Unser Felix isch kaum demit g'fahre. Wege sei'm Asthma. S'isch so gut wie net gebraucht. E Garage-Rad. Gucke Se sich die Felge mol a! Alles nur Dreck vom lange Rumsteh im Keller. Wenn ich mit'm Finger drüberfahr – do, sehe Se des? Drunner glänze die wie neu. So Räder gibt's heut garnimme. Also vom Material her. Nur noch Plaschtikzeug. Uff Verschleiß a'glegt. Hier! Noch die gute, alte Torpedo-Dreigang-Nabeschaltung. Unverwüschtlich. Die sieht aus, als däd se noch funktioniere! Zack – die geht sogar noch! Ei'wandfrei! Des seh ich erscht jetzt!

S'Vorderrad were Se rausmache müsse. So kriege Se's net in de Kofferraum. Ah, Sie sin ja schon debei! S'Werkzeug griffberait im Sack! Des isch g'schickt. Profimäßig.

So isch des. Aha. Sie wolle also des Rad widder richte. S'isch jo net viel dra zu mache. Wenn mer e bißl handwerkliches G'schick hat – ach was, des braucht mer garnet.

Des könnt sogar ich mit meine zwai linke Händ! En Satz Bremszüg. De Gepäckträger wackelt. Fehlt nur e Schräuble. D'Schläuch dürfte porös sei. Strahler müsse dra. Pfennigbeträg! En Klacks! Un sonscht? Nix. Putze un öle. Fertig! Dann steht des wunderbar do! Sie, des isch'n Oldtimer. Des hat Sammlerwert!

Die Radschraub will net uffgeh, gell? Jetzt bräucht mer Schmierfett. Caramba. Ah, habe Sie debei? Ich bin platt!

Also offe g'sagt, leicht trenn ich mich net von dem Rädle. S'hänge halt Erinnerunge dra. Mache Se mol langsam. Ich überleg grad. Ob's mei Frau – die Rahmegröße wär für sie recht – net als Zwaitrad zum Ei'kaufe nemme könnt. Oder ob mer's als Gäschterad b'halte solle. Wenn B'such kommt. Des steht mir gut im Keller. Un fortg'schmisse isch's schnell.

Aber gut! Jetzt habe Se's schon ei'glade. Lasse Se's in Gottsname drin! Wenn mer so'me Kind noch e Freud damit mache kann! Gebe Se mir dreißig Mark, dann g'hörts Ihne. Des isch g'schenkt!

Kartoffelsalat oder folgendes ...

(für Bernhard)

S'isch net übertriebe. Seit're halbe Stund schäl ich jetzt an de zwaite Kartoffel für e große Schüssel Kartoffelsalat, weil's laufend a'ruft. Kaum hab ich mir an dere Drecks-krumbier, die scheint's überhaupt net abkühlt, widder d'Pfote verbrennt un d'Finger verschmiert, dudelt des Telefon.

Bleib ruhig, sag ich mir. Des isch kai Boshait. Des sin alles nette Mensche, die net wisse könne, daß du grad Kartoffelsalat mach'sch un dir jedesmol des Krumbiereg'schmier von de Händ wasche musch. Die wisse net, daß dei Telefon-Ohr noch warm isch vom Vorgänger, der a en nette Mensch war. Un daß es überhaupt heut de ganze Tag schon so geht. Lauter nette Leut, die nix vonenanner wisse. Lieber Gott, wenn ich mit'me Zupfe am Ohrläpple ausdrucke lasse könnt, was seit heut morge in mein Kopf g'schwätzt wore isch, hätt ich dreißig Seite Text von nette Leut uff'm Tisch.

Un alle freue sich, daß se ai'n endlich am Apparat habe. Sie wollte net störe, haißt's immer. „Habe Se e Momentle Zeit?", froge se un schwätze glei druff los: „Also, ich muß kurz aushole, daß Se wisse, um was es geht." Jetzt kann mer nebeher mit de freie Hand ruhig was anneres mache. D'Gschirrspülmaschin ausräume oder s'Blumewasser wechsle. Nur Kartoffelschäle geht halt net. Irgendwann kommt garantiert des Wörtle „Folgendes" in verschiedene Wendunge. „Kurz un gut", sage se nach're Viertelstund, „s'geht um Folgendes." Mer hört förmlich de Doppelpunkt. Oder: „So weit, so gut. Jetzt, warum ich Sie a'ruf. Folgendes." De gebildete Schriftsprachler sagt gern: „Soweit also die Vorgeschichte und Begleitumstände. Nun also zum eigentlichen Grund meines Anrufes. Gehen wir in medias res. Es handelt sich um Folgendes." Wenn mer „Folgendes" hört, muß mer widder uffpasse. Dann geht's zum Kern der Sach. Mer muß reagiere. Zusage, absage. Oder am beschte baides. Alles offe lasse. Nach dem „Folgendes" hole se Luft. Manche lege so los, daß ich scho nach'm erschte Satz nimme dezu komm, zu sage, daß ich de Fade verlore hab. S'gibt wirklich Leut, die schwätze ai'n über de Haufe.

Vorhin war so ainer dra. „Lange Rede, kurzer Sinn", hat er am Schluß g'sagt. „Herr Bär, ich habe ein Attentat auf Sie vor. Folgendes ..." Was er g'wollt hat, waiß i net. Ich hab'n aifach weggedrückt. Des isch aigentlich net mei Art. S'war e Affekthandlung. Vielleicht ruft er mi z'rück, wenn i mit mei'm Kartoffelsalat fertig bin. Ich däd mi gern entschuldige. Er hat halt en schlechte Zeitpunkt verwischt. Ich war grad bei de erschte Kartoffel, hab se zum Schäle uff e Gabel spieße wolle. Sie isch verbrockelt uff de Küchebode g'falle, un ich hab mir beim Uffhebe saumäßig d'Finger verbrennt. ‚Bintje. Mehlig kochend' hab ich uff dem Beutel g'lese. In dem Moment ruft der Mann a. Ich hab ihm geduldig zug'hört. Debei hab ich de Hörer zwische Schlüsselbain un Unnerkiefer geklemmt, die Krumbierebrocke beseitigt, genauer g'sagt, mit'm Handfeger uff d'Kehrschaufel g'schmiert. Fege kann mer des net nenne. Ohne Punkt un Komma hat der verzählt. Ich waiß nimme was. Ich hab mich nur g'ärgert, daß ich die falsche Kartoffelsort gekauft hab. Bei ‚Folgendes' isch mir dann da Krage geplatzt. Un des Wort ‚Attentat' war in der Situation a net günschtig.

Herrgottsack! Warum kauf'sch net des fertige Zeug im Kübel? Deckel abstemme, mit'm Handballe uff de Bode schlage, schon rutscht e Kilo Kartoffelsalat in d'Schüssel. Do quäl'sch dich rum, bloß weil alle dein Kartoffelsalat lobe!

Jetzt geh ich nimme ans Telefon, nemm ich mir vor. Des Schäle von haiße Kartoffel isch e G'schäft, des immer hart an de Schmerzgrenz konzentriert durchgezoge were muß. Die Kartoffel uff de Handfläche ausrolle lasse, über d'Finger schiebe wie so e chinesische Kugel mit'me Glöckle drin. Des Ding muß immer in Bewegung bleibe, nie zu lang an ainer Stell. Immer widder die Kartoffel e bißl hochschmeiße wie beim Ballspiele. Un wenn se in d'Hand fallt, sofort losschäle, bis mer's nimme aushalt. Zwische Daume un Spitzemesserle soviel wie möglich von dem Häutle abziehe. Zwischedurch die Knoll weglege, mit de Schmerzhand wedle. Paus mache beim Sichverbrenne. Dann widder rangeh. Un immer Luft durch die z'ammmegebissene Zähn ziehe, wenn de Schmerz zu arg wird. Ssss! Wenn er nachlaßt, d'Luft bei g'schlossene Auge durch de weit g'öffnete Mund rausstoße. Haaa! Rückwärts – ssss! Vorwärts – haaa! Ssss! Haaa! So geht des beim Schäle von verkochte, haiße Kartoffel.

Wenn mer bei der Arbait net g'stört wird, kommt mer in e aigeartige kämpferische Stimmung, in en verbissene Rhythmus. Mer kriegt direkt e feindliche Ei'stellung zu dene dampfende Malefizknolle.

„Ssss-haaa!" Widder en Fetze Häutle unner Schmerze wegoperiert! Es klebt an de Messerspitz. Dieses haiße, pappiche G'schmotz an de Griffel! E einziges, hauchdünnes Straifele Krumbiereschal hängt an mei'm Daume. Kain großer Sieg für die schmerzhafte Attack. Es laßt sich net abschüttle. Will mer's wegzupfe, bleibt's an de annere Finger pappe. Mit'm Schuh druffsteh? Dann klebt's an de Sohl, un du tragsch's in de Wohnung rum. Du wirsch's net los. Un s'were immer mehr zwische Daume un Messerkling.

„So, jetzt ha'sch verspielt!", sag ich laut zu de zwaite Kartoffel von mein're große Schüssel Kartoffelsalat. Ich greif zu. „Ssss!" Do hör ich des Telefon. „Haaa!" Des derf net wohr sei! Bevor der Salat net fertig isch, geh ich nimme dra, sag ich mir. Des isch doch bloß widder de Herr oder d'Frau Folgendes. Vielleicht der von vorhin? Der mit'm Attentat? Nach entschuldige isch's mir im Moment nimme.

Aber – was isch, wenn'd net dra geh'sch, un s'isch was? Die ganz Zeit war nix. Do bi'sch dra g'ange. Jetzt, wo was sei könnt, geh'sch net? Es könnt doch ausgerechnet jetzt was sei! Mit de Dagmar. Um Gottswille! Mit dei'm Sohn. Jesses! Der isch grad in de Hochpubertät. Do isch alles möglich. Do isch sogar s'ganz Unmögliche möglich! Deiner Mutter geht's in letschter Zeit net gut. Also, sie g'fallt mer garnet. Du däd'sch dir ewig Vorwürf mache, wenn was wär. Un immer müsch't dir sage, du hätt'sch domols s'Telefon g'hört. Un du hätt'sch Kartoffelsalat g'macht.

Ich laß die dreiviertels g'schälte Krumbier in d'Lokalzeitung falle. Mit'm klaine saubere Finger schieb ich de Hebel von de Mischbatterie hoch. Wasserhahne kann mer zu dene Dinger jo nimme sage. S'isch die falsche Seit mit'm rote Punkt. „Ssss!" Wenn mer sich naß verbrennt, hat mer sich verbrüht. Des hätt i net gebraucht. Früher, mit zwai normale Drehhähne, wär des net passiert. Die Designer! Manchmol könnt ich den ganze Berufsstand erwürge! Hebel rum. Blau isch kalt. „Haaa!" Der Krumbierematsch vertailt sich gleichmäßig als Schmierfilm über d'Händ. De Rescht putz ich schnell ins G'schirrtuch. Ich schlenker s'Gschirrtuch über d'Sessellehn. Ich nemm de Hörer zwische d'Fingerspitze, drück uff de Knopf unne in de Mitte. Ganz so unfreundlich, wie ich befürchtet hab, klingt mei Stimm garnet. Nur e bißl g'nervt.

„Ja! Wer'sch'n scho widder dra?" Nach're Schrecksekund haucht so e zarte Frauestimm: „Roswitha Veith-Zurlinden."

„Tschuldigung, wie bitte? Veith-Zur ... was?"

„Zurlinden."

„Ah ja! Schöner Name. Doch, außerg'wöhnlich. Um was geht's, Frau Veith?"

„Oh, störe ich Sie gerade in einer kreativen Phase am Schreibtisch?"

„Was? Wo? – Ach so! Nai, des net. Nur beim Krumbieresalat mache."

„Verzeihung, ich versteh nicht ... "

„Ich koche gerade. Kartoffelsalat mit Fleischküchlein. Frikadellen."

„Oh, da rufe ich später nochmal an."

„Net! Bitte bleibe Se dra! Was weg isch, isch weg. Jetzt hab i scho d'Händ abgeputzt. Un solang Sie telefoniere, ruft wenigschtens sonscht niemand a."

Sie hat nervös g'hüschtelt. Ich glaub, sie hat mich net verstanne. Dann widder ihr Stimm. Sie hat sich verlege a'ghört. Als däd se bloß schwätze, daß halt was g'schwätzt isch.

„Sie kochen selbst? Interessant."

„So int'ressant isch des net, wenn mer's jeden Tag macht. Meine Lebensgefährtin isch voll berufstätig. Die hat's gern, wenn nach'm G'schäft s'Esse uff'm Tisch steht."

„Sind Sie da nicht etwas überfordert? Ich meine, Sie schrei ... "

„Ach woher! Ich bin des g'wöhnt. Ich war immer mit Karrierefraue z'amme. Die habe alle gern gut g'esse, aber kai Zeit zum Koche g'habt. Ich bin gern Hausmann. Wasche, bügle, Wohnung putze, mach ich alles."

„Erstaunlich. Da will ich Sie jetzt nicht länger aufhalten, wenn Sie für Ihre Lebensgefährtin Abendbrot zubereiten."

„Au, Brot hab i vergesse ei'zukaufe!"

„Na ja, sie wird's überleben."

„Heut koch ich net für sie. Sie isch bei 're Führungskräfte-Tagung. Ich hab e paar Kumpels zum Fußballgucke ei'glade. WM-Spiel Deutschland – Mexiko. Wird net leicht.

Glaube Se, mir schaffe's ins Achtelfinale? Mein Tip: zwo zu ains. Int'ressiere Se sich überhaupt für Fußball?"

„Offen gestanden, nur sehr peripher. – Aber sagen Sie, kommen Sie denn als Hausmann, wie Sie sagen, noch zu Ihrer eigentlichen Tätigkeit des Schreibens? Sie sind doch der . . . ?

Ich hab verzweifelt uffg'lacht. „Ja, g'legentlich! Und wenn net, schreib ich halt de Ei'kaufszettel in Gedichtform."

„Sehr originell."

„Spaß muß sei, Frau Veith! – Aber zur Sach! Weshalb rufe Se mich a?"

„Ich glaube, ich muß mich bei Ihnen entschuldigen. Vermutlich bin ich falsch verbunden."

„Also, wenn Se mich spreche wolle, sin Se richtig."

„Ja mit wem spreche ich denn? Sie hatten sich nicht gemeldet."

„Hab i des net? Gut, vielleicht net namentlich. – Aber egal. Wen wolle Se denn spreche?"

„Na ja, die Nummer habe ich über den Verlag bekommen."

„Herrgott, wie oft hab ich dene g'sagt, sie solle mei Nummer net grad so rausgebe!"

„Sind Sie der Schriftsteller Bruno Bär?"

„Normal ja. Im Augeblick net. – Des verstehe Sie jetzt net, gell?"

„Ehrlich gesagt, nein."

„Passe Se mol uff. Heut vormittag war ich noch der Schriftsteller Bär. Dann bin i alles Mögliche g'wese, manchmal gleichzeitig. Bis i nimme g'wüßt hab, wer i bin. Un jetzt bin i de Privatmensch Bruno, der in Ruh sein Kartoffelsalat mache will. Er isch e bißl mit de Nerve fertig, weil mer'n net laßt."

„Den Eindruck habe ich auch."

„Wisse Se, s'isch so. Ich konzentrier mich gern voll uff ai Sach. Bis ich demit fertig bin. Dann kommt die nächscht. Wenn ich koch, will ich nur koche. Wenn ich schreib, schreib ich. Wenn ich mir d'Fußnägel schneid, nur als Beispiel, schneid ich Fußnägel, sonscht nix. Un alles isch gleich wichtig. Für mich gibt's dann nur des, was ich grad mach. Verstehe Sie, was ich demit sage will?"

„Ja, ich glaube schon. Klingt ja geradezu nach buddhistischer Weisheit. Nur mit der entsprechenden Gelassenheit scheint es zu hapern."

„Ich bin gelassen!", hab i g'schrie. „G e l a s s e n h e i t kommt von dem Wörtle g e l a s s e n. Un des kann mer bloß sei, wenn mer g'laßt wird. Ich wer aber net g'laßt! Renne Sie mol beim Kartoffelsalatmache ständig ans Telefon! Gelassenheit – Sie habe gut schwätze!"

„Regen Sie sich nicht auf, Herr Bär."

Ich hab schon die ganze Zeit g'schnuppert. Jetzt riech ich den scharfe Rauch. Ich seh, daß ich mei Zimmerwänd kaum noch seh. Des Buddhafigürle im Bücherregal, e Mitbringsel von'me Freund, hockt im dicke Qualm, der sich durch d'Küchetür rauswälzt. Ich hör's brutzle un zwischedurch batsche. Wie von Knallerbse. Ich spring hoch. „Scheiße! Mein Speck!" Ich laß de Hörer in de Sessel falle. Im Renne reiß ich d'Fenschter uff. Ich stürm in d'Küch. Mit baide Händ schlag ich mir d'Sicht zum Herd frei. Ich rutsch aus uff dem fettglitschige Bode. E Sperrfeuer von Ölspritzer spuckt mir entgege. Über d'Ärm, vor de Bauch, bis hoch in de Ausschnitt vom Hemd. Zentimeterweis schubs ich die Pfann von de Herdplatt. Rüber uff die g'riffelte Stahlfläche von de Spüle. Nur net mit kaltem Wasser ablösche wolle! Des isch Erfahrungssach. Mit'm G'schirrtuch wedel ich de Rauch über de Pfann weg. Ich guck nei. E schwarze Kruschtepizza mit Koksbröckele drin. Wahrscheinlich kann i des Pfännle fortschmeiße. Z'amme mit mei'm Hemd in de selbe Dreckaimer. Sowas wird bloß im Werbefernseh widder sauber.

Stillstand in de Küch. D'Kartoffel dampfe nur noch leicht. D'Pfann kühlt ihrer Entsorgung entgegen. Uff's Hemd muß i nimme uffpasse. S'geht nix mehr voran, aber defür kann im Moment a nix passiere. Aus dem Fünfliter-Karton, der sommers in bequemer Augehöhe in mei'm Kühlschrank steht, hab i mer per Daumedruck e Glas Rosé gezapft. Ich hab mi uff's Weiterschwätze mit der Frau g'freut un g'hofft, sie isch noch dra. Im Wohnzimmer riecht's nach verbrenntem Speck. Aber der Qualm hat sich verzoge. Im Regal seh ich mei'n dickbäuchige Buddha vom Roland widder lache. Ich greif nach'm Telefon. „Ich bin widder do. Sin Se noch dra?" Es dauert. Ich bin schon enttäuscht. Dann kommt d'Antwort. Es hört sich e bißl u'geduldig a. „Ja, jadoch. Wo waren Sie denn? Ist was passiert?" Ich leg mi im Sessel z'rück. An de Tischkant klopf ich e Zigarett aus'm Päckle. Fünf oder sechs falle uff de Bode. Ich zünd mir eine a.

„Ach, beim Koche isch was schiefg'laufe. Net schlimm. Die Sauerei mach i später weg."

„Wie? Ah ja! Hm."

„Esse Sie gern Kartoffelsalat?"

„Ob ich ...? Na ja, gelegentlich ist mir nach so deftigen, einfachen Gerichten."

„Ai'fach? Von wege! Des kommt halt druff a, wie mer'n macht. Des kann e Delikatess' sei!"

„Mag sein, Herr Bär. Ich zweifle nicht an Ihren hausfraulichen – hausmännischen Qualitäten. Kochen ist nicht meine Stärke. Aber es geht jetzt auch nicht um irgendeinen Kartoffelsalat, sondern ..."

„Oh, Moment! Mein Kartoffelsalat isch net irgendainer! Passe Se uff. Folgendes. Ich reib die Schüssel mit're Knoblauchzeh aus. S'derf net vorschmecke. Nur en Hauch. Grad so, daß mer merkt, es fehlt was, wenn er net dra wär, aber net genau waiß, was. Verstehe Se?"

„Ungefähr."

„So. Dann die Kartoffle in dünne Scheibe schneide. Sie müsse beinah d'Zeitung durch lese könne. So dünn. Un ganz wichtig, die Krumbiere müsse so haiß wie möglich verschafft were, daß se richtig durchziehe. Mer muß sich beim Schäle un verschnipple immer a bißl d'Finger verbrenne, sonscht schmeckt er net. Un er g'hört noch warm uff de Tisch. – Sin Se noch dra?"

„Ja!"

„Gut. Jetzt Essig un Öl. Salz, Pfeffer, Muskat. Aber Vorsicht! Nur e Messerspitzle. E Schnupftabaksportiönle. Feing'hackte Zwibbel dazu. E Tässle Flaischbrüh, des gibt G'schmack. Glasig a'gebratene Speckwürfel drüber. Obacht! Die verbrenne gern! Vor allem, wenn mer nebebei telefoniert. – Sin Se noch dra?"

„Ja. Ich bin noch dran! Aber hören Sie ..."

„Moment! Jetzt wird's raffiniert. En Spritzer Maggi dra! Ja, ganz ordinäres Maggi! Lache Se net!"

„Ich lache nicht."

„Doch. Innerlich schon. Wenn mer Maggi hört, denkt mer immer – oh je! Des isch grundverkehrt. Richtig dosiert, isch des e tolles G'würz. Praktisch flüssiger Liebstöckl."

„Lieber Herr Bär, ich ..."

„Probiere! Probieren geht über studieren. Aber gut. Jetzt isch der Kartoffelsalat, Ihr sogenanntes einfaches Gericht, beinah fertig. Sie könne'n nur noch verpfusche, wenn Se Mayonnais' dra'mache. Nix! Statt der fette Mayonnais ai'fach e Ai nei'klopfe."

„Wie bitte?"

„Ein Ei hineinschlagen! Des macht den Salat so richtig matschig un schmotzig. So muß er sei!"

„Wie?"

„Matschich. Schmotzich – wie soll i sage? En halbdicker, pappich-nasser, schwerer Brei. So glitschich. Herrgott, ich spür's in de Händ. S'liegt mer uff de Zung. Jetzt hab i's – geschmeidig! – Nai, des trefft's a net."

„Sämig vielleicht?"

„Ja genau! Sämig! – Obwohl, des klingt zu arg nach Brüh. Sämig isch dick g'nug für e Soß, aber für'n Kartoffelsalat zu lapprich. Was Sämiges laßt sich net greife, verstehe Se. Des tropft durch d'Finger. Des Schmotziche fehlt. Sämig isch net matschich g'nug. In en g'scheite Kartoffelsalat muß mer nei'lange un e Handvoll rausnemme könne. Das Zeug muß drin bleibe. Wenn mer d'Hand dann langsam in d'Schräge dreht, so bis fünfevierzig Grad, muß es noch pappe bleibe, bevor's zurück in d'Schüssel pflascht, also abfällt. Aber en Rescht sollt an de Finger hänge bleibe zum Abschüttle. So muß de ideale Krumbieresalat sei. Sin Se noch dra?"

„Ja! Ja, ich bin noch dran! Ist ja auch hochinteressant. Vor allem Ihre dialektologisch-semantischen Ausführungen. Nur – darum geht es mir eigentlich nicht."

„Do habe Se recht. Wichtig isch, was nachher uff'm Tisch steht. – Also im Prinzip wär der Salat jetzt fertig."

„Tätsächlich?"

„Halte Sie Kartoffelsalat immer noch für ein einfaches Gericht?"

„Nein. Da bin ich belehrt! Nun aber ..."

„Halt! Ich hab en wichtige Punkt vergesse! Folgendes. Kartoffelsalat nur mit de Händ durchenannermache! Sie were's net glaube, aber des schmeckt mer."

„Unter Umständen – doch ja. Könnte sein."

„D'Händ nemme. In de Küch sieht's doch niemand. Un wenn! Daß mer vor'm Koche sei Finger wäscht un sich zwischedurch net am Kopf oder sonschtwo rumkratzt, isch doch klar, oder!"

„Wie? Jaja, natürlich!", hat se mit Verzögerung g'sagt. Im Hinnergrund hab i Papier raschle höre. Flinkes, leises Geklacker von Computertaschte. So Bürogeräusche. Sie hat jemand was zug'flüschtert. Ich hab de Ei'druck g'habt, sie schafft was nebeher. Aber des kenn ich jo von mir. „Höre Se noch zu?" hab ich vorsichts- un höflichkaitshalber g'frogt. „Ich möcht Sie net langweile." Ihr Stimm hat net leis, aber entfernt geklunge. Wie bei weggedrehtem G'sicht nebe d'Sprechmuschel g'schwätzt.

„Ja. Nein. Sprechen Sie weiter. Ich höre. Ich habe ja sonst nichts zu tun!"

„Nix ersetzt de direkte Kontakt mit'm Material", hab i g'sagt. „Ein versierter Koch ahnt schon e bißl durch d'Händ, wie was schmeckt."

„Wirklich? Hochinteressant!"

„Im B'steck hat mer kai G'fühl, aber in de Händ. Die Zutate lasse sich wesentlich besser vertaile."

„Leuchtet mir ein."

„Aber behutsam dra'geh! D'Finger leicht spraize un krümme. Als hätte Se, sage mer, en Ball in de Händ. Steif so lasse. Der Vergleich isch in dem Zusammehang vielleicht net ganz passend – wie Mischtgabelzinke. Krallenartig. Könne Se sich's vorstelle?"

„Ja. Ungern, aber sehr plastisch."

„Also gut. Mit baide Händ in de Salat. Am Schüsselrand entlang abspachtle und zu Mitte schaffe. Dann von unne nach obe gründlich durchschaufle. Immer widder umschichte. D'Bewegung muß aus de Schultere komme. Von de Ellboge abwärts bleibt alles starr wie so Maschinegreifer, daß die Kartoffel net vermantsche. So, fertig! Durchziehe lasse. – Hab ich Ihne jetzt Appetit g'macht?"

Kai Antwort. Nur die Bürogeräusche. Männerstimme. Türe schlage. „Die Visagistin wartet schon!", hör ich sie rufe. Mich kann se net g'maint habe. „Sin Se noch dra? –

Frau Veith! Folgendes ...!" Summton. Weggedrückt! Grad so. Ohne zu sage, warum se mich überhaupt a'grufe hat. Net die feine Art. Ich hab schon die ganze Zeit den Verdacht g'habt, sie isch nimme bei de Sach, macht was nebebei. Egal. So Leut gibt's halt.

Ich schäl zügig die Krumbiere un schnippel se glei in d'Schüssel. Es schellt. Kurz nach vier. Mit'm Elleboge drück ich d'Türfall runner. De Norbert, natürlich! Der kommt immer z'erscht. Er isch Höherer-Laufbahn-Beamter beim Finanzamt. Während de Fußball-WM hat er immer pünktlich zum A'pfiff vom erschte Spiel Feierobend. Oft sogar pünktlicher. Er schafft halt e bißl schneller, sagt er. Dann könnt er, wenn's gut lauft, im Prinzip schon mittags geh. Theoretisch, sagt er.

Er drückt de Fernsehknopf, nemmt sich e Flaischküchle un setzt sich in de Sessel, nach vorne gebeugt. Sofort Stadionatmosphäre im Wohnzimmer. Taktische Erklärung, Interviews mit prominente Altfußballstars, Schlachtg'säng. „Wo isch s'Bier, Bruno?", ruft de Norbert mit vollem Mund. „Im Kühlschrank!" Er kommt in d'Küch, schnappt sich die zwaite Frikadell. „Net schlecht, des Zeug", sagt er. Ob ich Senf hätt. En Teller bräucht er. Un e Serviett zum d'Finger abputze. Weil ich grad de Salat umschaufel, deut ich mit'm Kopf zum Tisch. „Dort steht alles, Norbert!" Er guckt mir über d'Schulter, schmatzt mer debei ins Ohr. „Ah, Krumbieresalat!" Beim Probiere stecht er mir beinah mit de Gabel in d'Hand. „Eßbar. Salz fehlt", sagt er. Schon schüttelt er mir mit'm Salzstreuer vor de Nas rum. Mei Esse aigemächtig würze un dezu nebe mei'm Ohr schmatze. So was kann i net habe. Mir schwillt de Kamm.

„Norbert, bitte! Nemm alles mit, was'd brauch'sch un verschwind aus dere Küch!"

Bevor er sich en Teller g'nomme hat, muß er noch die

Hälft von de Frikadell abbeiße. Die anner Hälft verbrockelt zwische seine Finger un fallt runner. „Hoppla! Ha'sch irgendwo en Lappe oder sowas?", frogt er beim Kaue. Ich mach e Kopfbewegung. „Ja, dort!" Er dreht sich im Krais. „Wo?" – „Dort, Mensch! Am Wasserhahne!" – „Hätt'sch glei sage könne." Die größere Bruchstückle sammelt er in d'Hand. Er schlenkert kurz de Lappe über de Bode. „Tritt sich fescht!", brummt er z'friede. Mit de dritte Frikadell geht er raus. „Heh, Norbert, es freut mi, wenn's dir schmeckt! Aber die Flaischküchle sin aigentlich für alle und für d'Halbzeit gedacht!", ruf ich ihm hinnerher.

Die deutsche Nationalhymne geht in die mexikanische über. Kaum en Unnerschied. Es klingt net mexikanisch nach Tijuana Brass. Überhaupt net feurig un temp'ramentvoll. Kai Trompeteg'schmetter. Nix Cucuru-Cucuuu. Direkt lahmarschig hört sich des a. Wie unsere. Ich waiß net, alle Nationalhymne, sogar die von afrikanische un südamerikanische Staate, klinge deutsch. Nur die französische net! Beim Nachbar geht's ab! Bei de Marseillaise könnt i grad in're badische Revolutionsarmee ganz vorne mit losmarschiere. Mit mei'm alte Spatzeg'wehrle vom Speicher. Notfalls halt. ‚Allons enfants de la patrie-ieje'. Herrgottsack, do isch Lebe drin! Des geht unner'm Hirn durch ins Blut übers Herz in d'Füß. Bei dem Lied wachst mer heldemäßig über sich raus. Do könnt mer für d'Freiheit alles z'ammeschlage! Alles hie'mache, was dene do obe g'hört! Jedenfalls solang beim Singe net g'schosse wird. De Krumbieresalat isch fertig.

D'Türglock geht. Es schellt Sturm. Des sin die annere. De Manne un de Gerhard. „Hat's scho a'gfange?" In de Küch stemme se Bierflsche uff. De Manne gabelt im Vorbeigeh g'schwind in de Salat. „Hm, gut. Aber irgendwas fehlt. Salz net. Könnt e bißl Schärfe vertrage. Tabasco oder so." De Gerhard kramt im G'würzregal rum. Er lacht: „Ja klar! Gege Mexiko – Tabasco nei!" Ich dreh ihm des rote Fläschle aus de Hand. De Deckel hat er scho abg'schraubt. Mit so'me mexikanische Zungeroller hat er ausg'holt. „D'Finger von dem Salat! Der bleibt so wie er isch!"

D'Mannschafte beziehe Position. De Norbert rennt noch g'schwind uff's Klo, daß er während em Spiel net raus muß. Aber Bier treibt. Grad in de zwaite Spielhälfte. Sie lauere, bis ainer uff'm Rase liegt un d'Sanitäter mit de Tragbahr un'm Eisspray komme. Dann spurte se los. Sie pressiere, daß se nix verpasse. S'könnt e Tor falle! D'Wiederholung isch halt nimme so live. Sie warte net, bis se fertig sin mit'm Pinkle. Sie höre vorher uff. Wenn de ärgschte Druck weg isch un sie spüre, daß se's widder e Weile aushalte, breche se so schnell wie möglich ab. Wenn se dann noch durch die offene Klotür höre, daß sich im Spielverlauf was dramatisch zuspitzt, daß de Kommentator immer schneller un lauter kommentiert, am End sogar schreit, dann wird notgebremst un überstürzt weggepackt. Ohne Rücksicht auf Verluschte. Grad sin se rausg'ange, schon stehe se widder vor'm Bildschirm, d'Hand noch am Reißverschluß, e Spritzerle am Hoseschenkel. Wie die Toilett aussieht, kann mer sich denke. Do geht mol in de Eil en satter Strahl unners Klodeckelscharnier, wo mer beim Saubermache kaum beikommt. Oder u'kontrolliert überraschend schräg weg über d'Klobürscht. Egal. Es isch jo net s'aigene Klo. Ich kenn des doch. In krasse Fäll, wenn mer's arg sieht, reißt mer schnell en Meter Klopapier von de Roll un wischt flüchtig drüber. Nach'm Fußballgucke muß ich immer s'Klo putze. Un immer hocke se bei uns rum. Mer könnt a mol zum Norbert haim. Der wohnt seit Jahren widder vorübergehend bei seiner Mutter. Die putzt gern.

Ich hab de Dagmar versproche, daß ich dene Bursche sag, sie solle sich bitte zu dem G'schäft setze. Ich krieg's net fertig, sowas zu verlange. S'isch mer zu peinlich. Im Sitze pinkle – de Manne! Im Lebe net! Der däd lieber nimme komme. Ich mach's halt. Ab un zu. Wenn d'Dagmar um de Weg isch. Sie hat mir des mühsam a'dressiert. S'geht gege mei Natur als Mann. Immer, wenn ich beim Pinkle sitz, krieg i en haimliche Zorn über die unwürdige un widernatürliche Haltung. Schon als Bu war mer stolz, daß mer sich net setze muß wie d'Mädle, sondern so unkompliziert, spaßig un g'sellig pinkle kann. Mit Ziel- und Weitpinkelwettbewerb un Name in de Schnee schreibe, gelbgrün, sogar mit'me Punkt am Schluß. Des war net leicht. Un jetzt, als Mann, soll mer sich langweilig un artfremd hie'hocke. Wie'n abg'richteter Königstiger im Zirkus. Ich glaub, in dene geht was ähnliches vor, wenn se uff ihrem Hocker e Männle mache müsse und d'Pfote hebe. Deshalb fauche und brülle die so. Zaige ihr Zähn, schlage nach'm Dompteur. Wenn se scho so'n Blödsinn mitmache, soll s'Publikum wenigschtens seh, daß des net u'gfährlich isch. Schließlich sin se wild.

Apropos Tiger. De Berthold hopft vom Lesesessel, wo er seit heut mittag z'ammeg'rollt g'schlofe hat. Mol uff de linke, dann uff de rechte Seit. Der Betrieb isch'm zuviel. Für Fußball int'ressiert er sich net. De Berthold isch e Prachtexemplar von'me getigerte Kater, aber stinkfaul un bequem. Mir habe'n in Pflege g'nomme von'me befreundete Ehepaar. Über de Urlaub. Daß er net in so e lieblose un unpersönliche Tierpension muß. Aber ich glaub, des wär dem egal. Hauptsach, er kriegt regelmäßig seine Mahlzeite serviert. Sei Leut mache en kombinierte Bildungs- un Tauchurlaub in Ägypte, un mir habe jetzt drei Woche lang die dicke Wurscht dehaim rumkurgle, die mir jeden Tag vorführt, daß es doch a so geht, ohne Streß un Schaffe. Er streckt sich genüßlich. Hinne bleibt er wie hochgebockt steh, mit de Vorderpfote geht er tief am Bode soweit vor, daß er in de Mitte immer dünner un länger wird. Debei sperrt er s'Maul uff, gähnt bis zum A'schlag un zittert vor Wohlbehage bis in d'Schwanzspitz. Dann setzt er sich in de Halbkrais von sei'm Schwanz un guckt im Zimmer rum. Er hat Zeit. Er wartet, bis er zu sich kommt. Un wenn er bei sich isch, hat er Hunger. Wehe, sein Napf in de Küch wird net glei g'füllt! Er schreit gottsjämmerlich un guckt vorwurfsvoll zu ai'm hoch, schleicht ai'm um d'Füß rum, daß mer ins Stolpere kommt.

S'Spiel hat a'gfange. „Jawoll, nur so geht's", ruft de Norbert. Der fette Gerhard, der sich nur in dringende Notfäll schnell bewegt, schreit aus'm Ledersessel: „Lauf! Lauf doch, Mann!" Im Fernseh un im Wohnzimmer steigt de Geräuschpegel wie e Raket un sackt enttäuscht ab. De Gerhard laßt d'Händ uff d'Schenkel falle. De Manne winkt ab. „Die Mannschaft isch zu alt!" – „Schwätz doch net!" – „Ha, wie alt isch'n de Lothar? Siebenedreißig! Des isch im Fußball doch Seniorestift!" – „Guck mol! Guck mol!", schreit de Norbert. Alle gehe mit de Köpf vor. „Schön gedacht!" Ich setz mich endlich dezu. Do jault s'Telefon. Des hätt jetzt net sei müsse. Vielleicht die Frau von vorhin. Im Zimmer isch's zu laut. Ich geh in de Flur.

De Berthold hat sein leere Freßnapf entdeckt. Er streicht mir bei jedem Schritt mit'me fürchterliche Gemaunze um d'Knöchel, drängt sich in de Weg. Ich wär beinah in d'Flurgard'rob g'stürzt. Mir platzt de Krage. Ich stampf mit'me freie Fuß uff de Bode un drück gleichzeitig de Knopf. „Jetzt laß mi mol in Ruh, Sakrament! Hau ab, du fauler Sack! – Bär. Bitte?" Es dauert en Moment. Dann meldet sich de Dr. Kappler, de Verlagslaiter. Mir sin per du. Es hat sich so ergebe. In manche Konfliktsituatione hätt d'Höflichkaitsform e bißl uffg'setzt geklunge. „Bi'sch du's, Bruno? – Was war denn des ebe? Ha'sch du so gebrüllt?" – „Ich? Gebrüllt? Ach so! Des war mit'm Berthold, unser'm Pflegekater. Der hat mi grad g'nervt. Horch, Peter, kann ich dich z'rückrufe? Ich guck grad Fußball."

De Berthold sitzt uff de Küchetürschwell un schlagt zornig mit'm Schwanz uff de Bode. Dann verdrückt er sich in d'Küch.

„Klar Bruno. Bis um sechs im Verlag. Nachher privat. Nur ganz kurz. Folgendes. Hat se dich erreicht?"

„Wer? Ob mich wer erreicht hat?"

„Moment, wo hab ich die Notiz? – Die Frau Veith-Zurlinden!"

„Ach die? Die hat grad vorhin a'grufe."

„Ja und? Darf man gratulieren?"

„Von mir aus. Aber zu was? Ich wüßt net."

„Zu dei'm Fernsehauftritt, Mann! Des isch doch was! Freu'sch dich denn net?"

„Doch. Des haißt – ich waiß von nix."

„Bruno! Des gibt's net! – Was hat denn die Frau g'sagt?"

„Du, net viel. Sie hat sich für mei Kartoffelsalatrezept int'ressiert. Plötzlich hat se uffg'legt. Des war's."

„Will'sch mich uff de Arm nemme?"

„Ach was! – Peter, ganz langsam! Ich bin wie dumm. Um was geht's? Ich hör!"

„Folgendes. Die Frau Veith-Zurlinden isch Redakteurin beim Fernseh in Baden-Baden. Des muß se dir doch g'sagt habe!"

„Kain Ton hat die g'sagt."

„Ich versteh des net. – Die wollt dich doch habe für die Sendung ‚Lesezeichen'!"

„Kenn ich net. Was isch des?"

„Eine sehr renommierte Literatursendung. Die kommt jeden erschte Montag im Monat. Um 23 Uhr 15 im Dritte. Diesmal wär's um Regionalliteratur un den Begriff des Provinziellen gegange."

„Wer guckt denn sowas um die Zeit?"

„Deine Kollege, zum Beispiel! Insider un wichtige Leut im Litaraturbetrieb. Ich auch!"

„Aber ich net! Ich schreib de ganze Tag. Nach'm Gschäft will ich von de Arbait nix meh wisse!"

„Bruno, des isch doch für'n Schriftsteller kai Einstellung!"

„Wieso? – Treffe sich vielleicht, sage mer, Platteleger nach Feierobend mit annere Platteleger un schwätze übers Plattelege?"

„Des kann'sch doch net vergleiche! – Mensch, do wär'sch mol aus deiner Mundarteck rauskomme, bekannter wore! Was glaub'sch, was des für de Buchverkauf ...!"

„Sei mer net bös, Peter. Ich ruf z'rück. Ich glaub, s'isch e Tor g'falle!"

Wie ich ins Zimmer komm, sinke se grad enttäuscht in d'Polschter z'rück. „Des wär's g'wese! De Führungstreffer vor de Halbzeit!" Sie sitze so, daß se jederzeit hochspringe könne. De Manne orakelt: „Jetzt fehlt nur noch, daß die Mexikaner ..." Plötzlich fliegt sei Hand vor. Er schreit: „Guck-guck-guck! Sag i's net? Sie stemme sich hoch, umkralle d'Armlehne, ducke sich vor, als wollte se losspurte. „Oioioi! Uuuh! – Aaah!" Erleichtert falle se in sich z'amme. „Des war knapp!" En Schluck Bier zur Beruhigung. De Gerhard fahrt sich über d'Stirn un langt blind nach de Zigaretteschachtel. „Mei Nerve!"

Im Grund mach ich mir net viel aus Fußball als Sport. Fußball isch für mich eher en g'selliger Anlaß. S'isch net so, daß mich e Spiel kalt laßt. Also wenn ich schon guck, dann reg ich mich a uff. Ich steiger mich nei, schrei sogar mit. Vorsichtig un e bißl später als die annere, dann aber laut. „Des war klar Abseits!" Oder: „Im Lebe war des kai Abseits!" Wenn e Spiel vorbei isch, merk ich erscht, daß es mir aigentlich nie so wichtig war, wer g'winnt. Un ich versteh mei Uffregung nimme.

Sie rauche wie verrückt. Sogar de Gerhard, der nimme raucht. Ich sollt lüfte. D'Dagmar hat e empfindliches Näsle was Männerg'sellschafte betrifft. Ich geh zum Fenschter, guck zum Eßtisch. Ich denk, mich trifft de Schlag. De Berthold! Blinzle helft nix. Der steht mitte in de Kartoffelsalatschüssel! Im Kartoffelsalat ei'gsunke bis zum Bauch! De Schwanz steht buschig un kerzegrad weg. Mit a'glegte Ohre un uffgepluschtertem Fell drückt er en Buckel raus. Er muß verschrocke sei. Ich guck über d'Schulter. Alle starre uff den Bildschirm. Sie fasse sich an d'Köpf. „Tor", sage se. „Scheiße, des derf doch net wohr sei!" Mei Hand schwebt langsam über de Tisch. Noch en Blick ins Zimmer. Die Torszene wird wiederholt. Blitzschnell pack ich den Berthold am G'nick. Ich zieh'n raus un laß'n uff de Bode falle. Mit'm Löffel vom Salatb'steck schmier ich die vier Löcher zu, streich alles glatt. S'isch e Sekundesach. De Berthold schüttelt sei Pfote ab. „Zieh Leine, Bertie!", quetsch ich so durch d'Zähn. Er fußelt verstört aus'm Zimmer.

Mit'me Tor Rückstand in de Halbzeit esse mer Flaischküchle un den Krumbieresalat, wege dem ich net ins Fernsehe komm. Ich schöpf mir vom Rand.

De Pfau

Er kann net singe wie e Nachtigall
net fliege wie e Schwalb
net schwimme wie e Ent
er kann nix
er muß nix könne
wer so schön isch
der braucht kai Talent

er macht kain Quatsch
un spielt kai Spiel
er amüsiert sich nie
so albern
wie's normale Federvieh
Monsieur hat Stil

der watschelt net
un hupft net rum
er schreitet
besser g'sagt – stolziert
er wartet nur
bis g'nug Leut gucke
daß sich e Vorstellung rentiert

so ab zehn Mann Publikum
dreht er sich ganz langsam um
wenn dann kai dumme Gans
kai blöde Schnepf
ins Bild dappt

ihm die Show vermasselt
lüpft er sei Schlepp
dann spraizt er alles
was er hinne hat
daß de Wind im Fächer rasselt

d'Leut rufe
de Pfau schlagt e Rad!
schön sieht des aus
de Foto raus!
so eine Pracht!

nach zehn Sekunde
klappt er alles z'amme
vorsichtig
daß er sich net dreckich macht
sei Gard'rob isch empfindlich
do isch schnell was dra

wer s'Rad verpaßt hat
hat halt Pech g'habt
Zugabe gibt's net
des fangt er garnet a.

Wenn d'Pfitzemaiern dumm frogt

Jesses, die wunderfitzig Pfitzemaiern aus de Gass! Die hat mir jetzt grad noch g'fehlt.

Ich hätt en Umweg mache solle. Der hätt sich rentiert. Aber jetzt isch's zu spät. Wenn du die sieh'sch, hat die dich scho g'seh. Die sieht dich immer vorher, ich waiß net, wie se's macht. Ich glaub, die sieht d'Leut schon kurz bevor se um d'Eck biege. Vielleicht, weil se ständig guckt. Es isch, als hätt se unsichtbare Fäde durchs Viertel g'spannt, weiträumig um ihr Häusle rum. Un wenn jemand durchlauft, zittert s'Netz. Dann kommt se wie e Spinn aus ihrer Eck un saugt ai'n aus. Des macht se so g'schickt, daß mer aigentlich nur e Chance hätt, wenn mer mit z'ammegepreßte Lippe an ihr vorbeirenne däd. Nur e bißl schneller laufe, uff d'Uhr gucke un sage: „Frau Pfitzemaier, sin Se mir net bös, ich hab's eilig!", nützt überhaupt nix. Schon garnet, wenn jemand grad en Geheimnisträger isch. Wie ich im Moment. Sie frogt, obwohl se scho über alles Bescheid waiß. Vom Höresage. Aber sie hat halt am liebschte de Originalton, s'Geständnis vom unmittelbar Betroffene. Vielleicht will se nur wisse, ob jemand lügt. Oder gucke, wie der beim Lüge aussieht, sei Verlegehait genieße. Sie will d'Leut überführe. Wie beim Verhör.

Kürzlich hab ich's mit der Pressier-Taktik probiert. Wie ich g'seh hab, daß se mich scho g'seh g'habt hat, bin ich sofort zu're Art Power Walking überg'ange. Mit lange Schritt aus de Hüfte raus, kurz vor'm Renne. Also diesmol kriegt die nix aus dir raus, hab ich mir vorg'nomme. Wenn se dich was frogt, gib'sch ihr nur d'Minimalinformation. Ja oder nai. Noch sicherer wär Nicke oder Kopfschüttle. Aber des kann'sch net mache. Sonscht verzählt se nachher rum, du sei'sch nimme ganz richtig im Kopf.

Ich hab uff d'Uhr geguckt un debei nach vorne g'schielt. Sie hat ihre Geranie im Sautrog vor'm Haus gegosse. Mit de leere Gießkann. Sie wollt bei dem G'schäft bleibe, bis ich uff ihrer Höh' war. Ich hab beschleunigt. Aber sie hat mei G'schwindigkait exakt ei'gschätzt. Von zehn Meter hat se mir freundlich entgegeg'rufe: „Ah, Herr Holzer, gute Obend!" Ich hab d'Hand zum Gruß g'hobe. „N'Obend, Frau Pfitzemaier!" Sie hat ihr Gießkann abg'stellt. Ohne langsamer zu were, hab ich a'gekündigt: „Ich pressier, Frau Pfitzemaier! Ich kann mi net uffhalte!" – „So? Wohie geht's denn so eilig?" – „Ja" – „Was ja?" – „Uff d'Straßebahn!" Des war scho z'viel g'schwätzt. Des hätt se net wisse müsse. Aber die Ja-Nein-Antworte geh'n halt net immer. Jetzt hat se weitergebohrt. Des war klar.

„Geht's in d'Stadt?" – „Ja!", hab i diesmol sage könne. E dürre Antwort. Von der hat se net viel g'habt. Ich war beinah an ihr vorbei. Noch so e Frog un ich bin durch.

„Ah, Sie habe bestimmt e Rendez-vous!" – „Ja. – Wieso?" – „Sie sin so schick!" Jetzt hab i glei zwai schwere Fehler g'macht. Ich bin kurz stehegebliebe, weil i an mir runnergeguckt hab. Automatisch. Un ich hab plötzlich ganz aus Versehe selber was g'frogt. Wer frogt, wartet uff Antwort. Der laßt sich also uff e G'spräch ei. Wenigschtens uff e kurzes. Des hat die genau g'wußt. Die wunderfitzig, hinnerfotzig Pfitzemaiern!

Ihre Hausschlappe schlage gege d'Ferse. Und scho steht se vor mir. Sie muschtert mich mit'me Gsicht, als hätt se was Saures im Mund, schüttelt de Kopf. D'Ärm in de Hüfte.

„Sin se mer net bös, aber bügle Sie Ihre Hemde selber?" – „Ja." – „Des sieht mer! Guckt niemand e bißl druff, wie Sie rumlaufe, Sie armer Mann?" – „Nai. Wieso arm?" – „Ach, gehe Se mol her! Des kann i net seh! Derf i mol?"

Schon schafft se mit baide Händ mütterlich robuscht an mir rum. Sie krempelt mir de Hemdekrage im G'nick hoch, biegt'n übers Revers vom Sakko un zieht'n glatt. Sie zupft an de Manschette, streicht über d'Brusttasch. Beim Schwätze kommt se mer so nah, daß mir ihr Gebißgerüchle in d'Nas steigt. „Recht habe Se! Bloß net dehaim rumhocke un Trübsal blose. Mir fallt manchmol a d'Deck uff de Kopf, seit mein Mann nimme lebt. Do muß mer raus aus de vier Wänd un unner d'Leut! Sonscht wird mer rammdösig! Gell, Herr Holzer? Des G'fühl kenne Sie a?"

Ich bin von ihrer handgreifliche Fürsorglichkait so überrascht gwese, daß ich ihr gar net recht zug'hört hab. Ich war wie benomme. Des isch en g'fährlicher Zustand bei de Pfitzemaiern. Sie hat mir noch en Fussel von de Sakkoschulter gezupft un e Schrittle rückwärts g'macht. „So. Scho besser. Gebügelt wär's halt annerscht!" – „Danke", hab i g'sagt. „Ihr Frau, äh, bügelt die Ihre Sache nimme?" – „Des hab i scho immer selber g'macht." – „Moderne Ehe nennt mer des, gell? Wenn's funktioniert, warum net? Ich hab mei'm Theo früher jeden Morge e frisches Hemd uff's Bett g'legt, picobello gebügelt. Fürs Amt. Publikumsverkehr. Un er hat halt immer stark g'schwitzt. Besonders in seiner letschte Zeit. Angina Pectoris, verstehe Se. Do schwitzt mer. Am Herz isch er dann a g'storbe. Zwanzig Johr isch's her."

Bei dere Frau, hab ich mir gedacht, müßt ich sogar ohne Angina Pectoris stark schwitze. Un früher g'storbe wär i wahrscheinlich a. Am Herz. Oder ai'fach erlösungshalber. Sie wischt sich die Erinnerungstrån an ihren Theo aus'm Aug. „Er war en guter Mann", schnieft se. Jetzt war ich doch e bißl g'rührt Des hat se mir net grad symphatisch g'macht, aber sie isch mer menschlich vorkomme. Für en Moment. Ich hab g'maint, sie hätt s'Verhör uffg'ebe. Do kommt se mir widder so nah vor's Gsicht un sagt so verschwörerisch leis: „Ich will net indiskret sei, aber hat Ihr Frau nix gege Ihr Verabredung heut obend?" – „Nai." – „Ah so, die waiß des garnet?" – „Doch, doch!" – „Ja wie? Oh je, isch's scho soweit?" – „Frau Pfitzemaier! Ich treff mich mit're gute Freundin von früher. E rein platonische Beziehung, wenn Sie des beruhigt!" – „Ah. Sie maine, do isch nix!" – „Nai, do isch nix! Ich schwör's Ihne!" – „Ich bitt Sie. Sie brauche doch mir nix schwöre! Ich glaub's Ihne a so. Außerdem isch des Ihr Privatsach." – „Allerdings!" – „Aber mer macht sich halt Gedanke über sei Mitmensche. Ich hab Sie übrigens scho lang nimme mit Ihrer Frau z'amme g'seh? Kann des sei?" – „Schon möglich. Vielleicht Zufall." – „Früher hab ich sie dauernd z'amme g'seh. Do müßt sich de Zufall g'ändert habe. Aber mer muß jo a net alles z'amme mache, oder?" – „Nai, des muß mer net."

Sie hat mich mit ihrem besorgteschte G'sicht a'geguckt. „Also ich muß Ihne sage, Herr Holzer, Sie sehe in letschter Zeit net gut aus. Sie g'falle mer garnet." Ich bin mir plötzlich saublöd vorkomme. En richtige Zorn hab ich uff mich kriegt. Wie komm ich denn dezu, mir von der Pfitzemaiern an de Wäsch rumfingere un mich debei ausquetsche zu lasse?

„Ade, Frau Pfitzemaier. Mei Bahn!", sag i un marschier entschlosse los. Flink kommt se mir hinnerher g'schläppelt un packt mich am Arm. Ohne Geständnis entkomm ich der net. Sie stellt sich mir in de Weg. Wenn ich net a'ghalte hätt, wär se noch g'stürzt. Ich glaub, die hätt in dem Moment en Oberschenkelhalsbruch in Kauf g'nomme. Jetzt laßt se alle Taktik fahre. Jetzt zieht se d'Notbrems un wird direkt. Ich seh ihre Porzellanzähn vor mir, hab widder ihr Mundgerüchle in de Nas. Sie hat beinah sowas wie Panik im G'sicht, mir könnt im letschte Augeblick doch noch d'Flucht gelinge. Sie flüschtert beinah.

„S'geht mi jo nix a, aber jetzt muß i doch mol ganz dumm froge. Isch Ihr Frau ausgezoge?"

„Ja!"

„In d'Stadt, gell?"

„Ja!"

„Hat se en annere?"

„Net daß ich wüßt."

„Ja, warum isch se denn fort?"

Ich hab mich losgrisse un ihr nachg'schrie: „Des verzähl ich Ihne beim nächschte Mol, Frau Pfitzemaier!"

Hinner mir hab ich noch ghört, wie se zu sich selber g'sagt hat: „Gell, also doch! Die isch ausgezoge. Des hat mir doch sei wolle!"

Bleib!

Ich seh mi noch mit meine Koffer
in deiner Haustür steh
nach'm Wetter gucke
am Mantelknopf dreh

also, ich wär soweit
ich glaub, ich hab alles
also dann ...
wenn nix meh isch
dann geh i halt
im Keller hab i noch e bißl Sach
des hol i irgendwann
isch's recht?
dann geh i jetzt halt, gell
ha'sch g'hört?
dann also ...
mach's gut

du ha'sch bloß g'nickt
s'war alles g'schwätzt
des hat mich domols
ziemlich verletzt

zum Abschied
hätt'sch wenigschtens noch sage könne
bleib!
hättsch's jo net so maine müsse
nur sage

bleib!
dann wär i leichter g'ange

aber du
ha'sch Angscht g'habt
daß ich's mach.

Shell-Food-Weekend

Ich bin zu lang im Megamarkt
am Weinprobierstand
bei dem blonde
Weinprobierstand-Frollein g'sesse
grüne Auge hat se g'habt
wie Smaragde aus Kualalumpur
un hinner de Thek –
beim Drübergucke hab ich's g'seh –
in de unnere Hälft eine Wahnsinnsfigur
do denkt doch en normaler Mann
an alles – nur net ans Esse

sie sei kommenden Samstag wieder da
hat se beim Abschied g'lächelt
ich hab mir mit de Zeitung
e bißl Luft zug'fächelt
un hab g'sagt
mol gucke, vielleicht komm i a

de Lautsprecher quakt
sie schließe gleich
ich steh mit mei'm leere Wage
un dem volle Ei'kaufszettel
zwische Campingzeug un G'schirr
mitte im Non-Food-Bereich
un hab s'ganze Food
fürs Wochenend vergesse
ich kick den Karre fort

schlender am Back-Shop vorbei
raus in die schöne Sonn

im Hosesack die leere Händ
s'Lebe kann so ai'fach sei
so amerikanisch, praktisch, gut
jetzt kauf i halt
in de Tankstell ei
en Sechserpack Export
Tiefkühlpizza Marinara
Beaujolais Super bleifrei
zum Nachtisch noch
en Schokoriegel
un e Gläsle Apfelmus

ich steig ins Auto ei
un pfeif de
Shell-Food-Weekend-Blues

got only one problem
wie bring ich des de Birgit bei?

D'Sproch für dehaimrum

„Wie bitte? – Was machen die bei ihm zuhause?"

So hat se vor e paar Johr noch mit'me Stirnrunzle g'frogt un ihren Karl-Heinz hilflos a'geguckt, wenn se mir noch'n Wein ei'schenke wollt, un i hab, was selte vorkommt, mei Hand übers Glas g'halte un g'sagt: „Danke, Hiltrud, ich muß los. *Dehaim hocke se scho uff'm Schnäpperle un trepple!"*

De Karl-Heinz hat dann versucht, sprachlich zu vermittle. Sowas kann mer net übersetze. S'Hochdeutsche isch für sowas zu ai'fach. Un die Leut warte vielleicht a annerscht.

Er hat kurz uff mich gedeutet. „Er maint", hat er ihr erklärt, „er wird zuhaus schon ungeduldig erwartet. Alle sin nervös, weil er net beikommt, wo se doch morge früh in Urlaub fahre wolle, un s'isch noch nix gepackt. Er maint, wahrscheint's kriegt er sowieso jetzt schon Ärger. Un wenn er net glei ... Herrgott, Hiltrud! Sie hocke halt uff'm Schnäpperle un trepple! Fertig ab! – Komm, geh Hubert!"

Ich hab mi g'ärgert, weil de Karl-Heinz beim Dolmetsche jedesmol so blöd uff mich gezaigt hat. Un weil er immer g'sagt hat: „Er maint ... ". Ich bin mir vorkomme wie'n Ei'geborener. Wie en netter, primitiver Wilder mit're ganz verquere Stammessproch, die nur uff're abg'legene Lichtung irgendwo im badische Dschungel g'schwätzt wird. Aber es stimmt schon. Domols hätt ich mich mit're Negerin aus Zentralafrika fließender englisch oder französisch unnerhalte könne als mit dem Karl-Heinz sein're Hiltrud aus Lingen deutsch. Des heißt, sie hab ich glasklar verstanne. Aber ihr hab ich mich net verständlich mache könne.

Dir kann's egal sei, hab ich mir g'sagt. Wenn der Karl-Heinz schon so eine Exotin von de holländische Grenz drobe beim Single-Cluburlaub in Marmaris in de Türkei drunne kennelernt un maint, er müßt die mit seine fuffzich Johr un re schwere Scheidung uff'm Buckel Hals über Kopf heirate, isch ihre sprachliche Integration sei Problem. Mich muß die net versteh!

D'Hiltrud isch zehn Johr jünger. Des wird'm e bißl flattiert habe. Er hat sowas wie Torschlußpanik g'habt. Obwohl des Tor schon mol hinner ihm zu'gange isch, un er isch arg g'rupft widder rauskomme. Mit de Torschlußpanik isch's wie bei de Katze. Die könne a kai g'schlossene Türe vertrage. Sin se drauße, wolle se nei. Sin se drin, wolle se raus. Die sin uff kainer Seit von de Tür zufriede.

Drei wunderbare, späte Single-Jahre habe mir z'amme erlebt, de Karl-Heinz un ich. Jeder hat sich domols so e Honda-Chopperle gekauft. Von sowas habe mer eigentlich scho immer geträumt. Dezu e g'scheites Outfit. Seitlich g'schnürte Hose aus Hirschleder, Lederjacke mit Franse, Biker-Stiefel. Er alles Natur, ich in Schwarz. So amerikanische Helme, verspiegelte Sonnebrille. In de Nieregürtel hat sich de Karl-Heinz immer d'Samstagsausgabe von de Badische Neueschte Nachrichte g'legt. Zum Wärme. In der Gegend war er schon immer empfindlich. So sin mir sonntagmorgens losgedonnert. Ins Blaue. Ohne Zeitplan un bestimmtes Ziel. Grad so.

D'Schlofsäck un s'Leichtzelt hinne druffg'schnallt. Sogar e Gaskocherle habe mer debei g'habt. Un Aluminiumg'schirr. Mer hat nie wisse könne, was passiert. Wo ai'm de Wind hie'treibt.

Ai'mol habe mer uff're Wies am Straßerand e Süpple koche wolle. S'hat net so recht geklappt. De Wind war zu stark. Mir habe die lauwarme Beutelsuppebrüh mit Champignons an en Apfelbaum gekippt un in're Wirtschaft e prima Zigeunerschnitzel g'esse. Mir habe a nie übernachtet. Aber egal. Hauptsach, mir habe alles debei g'habt un hätte alles mache könne. Niemand hätt g'frogt, wo mer ware. Nirgends habe mer a'rufe müsse, um zu sage, wo mer sin, daß es später wird, oder daß mer überhaupt net haimkomme. Kai Frau hat uns domols Vorwürf g'macht, sie könnt vor Sorg net ei'schlofe. Kain Mensch hat g'merkt, daß de Karl-Heinz un ich fort ware. Deshalb sin mer obends immer gern haimg'fahre. Herrgottsakramentnochemol, des war e Lebensg'fühl!

Mir habe schöne Toure g'macht. Seite an Seite, nach hinne g'lehnt. Über unsere Stiefelspitze habe mer d'Landschaft komme lasse. Die Mittelstraife von viele Straße sin an uns vorbeigezoge. Die Badische Spargelstraße un die Schwäbische Dichterstraße sin mer g'fahre. Die Romantische Straße, herrliche lange Kurve. Sämtliche Burgestraße sin mer entlanggebullert. Die Pfälzer Weinstraß isch für Motorradfahrer net so attraktiv. Die Schwarzwaldhochstraß isch fahrtechnisch int'ressanter, un s'gibt a weniger Weinwirtschafte, wo mer vorbeifahre muß. Mir habe über unsere Ärm an de Lenkstang obe s'ganze Elsaß g'seh. S'Krumme Elsaß bis Bitch, gut zu fahre, wenig Verkehr. Die Route de Vin habe mer g'macht. Dann die Route de Fromage, d'Route de l'Amitié un d'Sauerkrautstroß. Dort g'hört, nebebei g'sagt, de Mittelstraife mol frisch markiert. Wenn's inzwische net g'macht isch. Ich war kürzlich mit'm Auto dort. Aber do isch mer von de Landschaft halt so abg'lenkt, daß mer uff sowas net achtet.

Wenn mir zwei an dene Ausflugsorte d'Mopeds uffgebockt un unsere schwarze Halstücher von de Nase gezoge habe, hat alles geglotzt. Der Karl-Heinz hat plötzlich kein Bauch meh g'habt. Ich hab so'n Gang kriegt, als müßt ich mich schwer beherrsche, um kain Baum rauszureiße. Radler habe mer getrunke un d'Kart studiert. In solche

Momente sin mer jung g'wese. Des war ein unbeschreiblich saugutes G'fühl. Freiheit halt.

Un jetzt? Die Hiltrud isch mit zwai Brüder uffg'wachse. Baide sin bis heut ei'gflaischte Motorradfahrer. Sie komme ab un zu uff B'such. Dann muß der Karl-Heinz immer en Kaschte Bier mehr hole. Zwai, drei Tag lang stehe ihre schwere Maschine vor'm Haus. 1500er Honda. Wenn aine fehlt, macht die Hiltrud e Spritztour. Mit zwanzig hat die scho de Motorradführerschein g'habt. Vor e paar Johr hätt se schweren Herzens ihr Laverda verkauft, hat se verzählt.

Jetzt fahrt sie, un de Karl-Heinz, der Simpl, hockt hinne druff. Aus alter Freundschaft bin ich noch e paar Mol mitg'fahre. Aber der A'blick von dene zwai uff'm Moped hat mich fertig g'macht. S'isch nimme wie früher g'wese. D'Hiltrud bestimmt s'Tempo, d'Streck un wo mir wie lang Paus mache. Un de Karl-Heinz klammert sich hinne an ihr fescht. Ich hab's nimme mit a'gucke könne, wie sich mein alter Spezi zum Aff macht.

Die letschte Tour nach Wissembourg zum Flammkucheesse hat mer dann de Rescht g'ebe. Wie mer am Wirtshausgarte vom „Saumon" absteige, hab ich schon g'seh, daß g'lacht wird. Daß sich e paar Leut s'Maul verreiße. Ich nemm de Helm ab un hör grad noch, wie ainer zu seiner Frau sagt: „... hockt hinnedruff wie'n Mehlsack, un d'Mutter fahrt. So isch's recht!" De Helm unner'm Arm, hab ich unner de Kaschtaniebäum zwische de Tisch g'wartet. D'Hiltrud hat sich natürlich im Rückspiegel noch d'Lippe schminke un kämme müsse. Ich hab verlege an mei'm Halstuch rumgezupft.

Plötzlich bin ich mir in meiner Franselederjack blöd vorkomme. Wie so'n alter Spinner mit'me Easy-Rider-Tick. Bei'me ganz normale Sonntagsausflug als Davy Crockett verklaidet. Die innere Ei'stellung zu mei'm abenteuerliche Outfit hat nimme g'stimmt. Des Verwegene von meine g'schnürte Hischlederhose isch mir mit ai'm Mol verdächtig g'wese. Hätt'sch a e leichtes Sommerhösle a'ziehe un mit'm Golf fahre könne, hab ich mir g'sagt. Des wär wenigschtens noch bequem g'wese.

Dann hab ich noch g'seh, wie'n Elsässer sei Madam mit'm Ellboge stumpt, daß se zu mir herguckt. „Bi de Schwobe mache die alte Jüngg'sälle hüt schient's Tour de France. Melancholisch sieht er üs, säller do. Der macht misch dänke an e Pflüm, e Vieux Prune in Armagnac ingelegt." Sie habe g'lacht.

D'Woch druff hab ich mei Maschin in d'Zeitung g'setzt. Ich hab sowieso Malheur mit de Bandscheibe. Jetzt fahr ich viel Rad. Mit'me hohe Lenker, daß i uffrecht sitze kann. Des sei besser für mein Morbus Scheuermann, hat de Orthopäd g'sagt. Ebene Strecke, wege de Knie. Klainere Wanderunge hat er mir empfohle. Un viel Rückeschwimme. Nimme Motorradfahre.

Ab'me gewisse Alter muß mer froh sei, wenn mer noch relativ viel e bißl mache kann.

Manchmol träum ich nachts noch von der Biker-Zeit mit'm Karl-Heinz. Wie mer bei Forbach durch de Grand Canyon g'fahre sin. Oder weschtwärts mit de Fähr bei Plittersdorf über de Rio Bravo. De Karl-Heinz zieht gleich. In de Sonnebrille spiegle mer uns gegeseitig. Jeder sieht sich in de Brill vom annere fahre. Kurze Verständigung durch Handzaiche un Kopfnicke. Alles klar. Stopp am nächschte Lokal. Mir rolle vor. Im Traum spür ich des Vibriere vom Motor zwische de Schenkel bis hoch ins G'nick. Arg a'gnehm. Komisch, mir halte immer vor de gleiche Wirtschaft. S'isch e großes Ausflugslokal mit're herrliche Terrass' am Weintor in Schweigen. Dort ware mer halt oft, bevor mer ins Krumme Elsaß weiterg'fahre sin un habe mol zwai nette Fraue uff de Terrass' kenneg'lernt. Mir halte am Ei'gang. Ich guck zum Karl-Heinz rüber. Mir kippt vor

Schreck d'Maschin um. Fallt mer uff de Fuß. S'tut aber net weh. Ich seh d'Hiltrud. Sie zieht de Zündschlüssel raus un lacht. De Karl-Heinz isch garnimme debei. Ich sitz senkrecht im Bett un reib mir s'Knie am linke Fuß. So Träum sin was Verrücktes. Aber deshalb muß ich net zum Psychiater renne. Wenn ich uffwach, isch d'Hiltrud fort. Beim Karl-Heinz isch's grad umgekehrt. Des könnt i net aushalte. Ich hab absolut nix gege d'Hiltrud. Als Kumpel isch die prima. Aber als Mann könnt i se net immer um mich rum vertrage. Sie hat ihre Qualitäte. Vor allem Führungsqualitäte.

Es isch weit, aber e paarmol im Johr fahre se nach Lingen hoch. Zu Familiefeiere un zum Schützefescht dort. Uff jeden Fall aber im November. Dann muß de Karl-Heinz Grünkohl mit Pinkel esse un halbe Getreidefelder Doppelkorn wegtrinke. Marc de Gewürz oder e Kirschwässerle helfe gege des Esse überhaupt nix.

De Karl-Heinz hat sich mit de Hiltrud e vielköpfige un trinkfreudige Verwandtschaft zug'legt. S'isch ihm recht so. Mit alle kommt er wunderbar aus. Sie höre ihn gern schwätze. Sie freue sich an dere urige Sproch, die se net verstehe. Nur ab un zu sinngemäß en Brocke. Aber des isch im Fall von Verwandtschaft garnet so verkehrt. Niemand kriegt so leicht was in de falsche Hals. Wenn mer nix versteht, bleibt mer vorsichtshalber freundlich, lächelt un nickt e bißl. S'wird scho net so wichtig g'wese sei, denkt mer sich, bevor mer s'Thema wechselt.

Wenn de Karl-Heinz vor'm Mittagesse zur Schwiegermutter in d'Küch kommt un ruft: *„Au, Gerda! Derf i mol gucke wie's schmeckt!"*, kriegt die Frau natürlich erschtmol en Schreck. D'Hiltrud muß ihr erkläre: „Ne, er hat sich nich gebrannt, schon garnicht *ver*brannt, Mutter! Er will nur mal eben probieren!" Dann kann's sei, daß de Karl-Heinz sei Schwiegermutter in de Arm nemmt un lacht: *„Ha'sch gedenkt, i hätt'me verbrennt? A wa! So dappich bin i net!"*

Des hat die Frau dann a net so recht kapiert, aber de Karl-Heinz derf gucke wie's schmeckt. Manchmol kocht er selber. Was Süddeutsches. Saure Kuttle hat er mol g'macht. Sie habe's g'esse, aber s'war net ihr Sach. An ihre G'sichter hat mer's g'sehe. Coq au Riesling esse se gern. De Karl-Heinz bringt immer e paar Kischte Elsässer Wein mit. Wenn ihm d'Gerda beim Koche über d'Schulter guckt – genauer g'sagt, blickt oder schaut, was bei uns kain Mensch macht, dann fächelt er mit'm Topfdeckel un zaigt uff de Wein un sagt: „Guck, s'isch bloß noch *e Stümple drin. Do hab i jetzt gleivoll die ganz Flasch voll nei'gleert. Sieh'sch wie des riecht?*" Ich nemm a die Frau nickt, lächelt, geht aus ihrer Küch un kratzt sich drauße am Kopf.

Oft verstehe se ihn am beschte, wenn er nix sagt. Sie sehe, was er sage will. Wenn er mit de Kartoffelschale in de Händ suchend in de Küch rumguckt, langt des. Er muß net noch froge: *„Wo'sch'n de Dreckaimer fürs Bitzich?"* D'Sproch macht's nur kompliziert. Er hüschtelt, daß mer herguckt. „Naßmüll is hier!", sagt d'Gerda.

Komisch, des Wörtle Bitzich hat se sich g'merkt. Jedenfalls u'gfähr. Neulich hätt er G'müsabfäll in d'Lingener Zeitung g'wickelt un g'sagt: „De Dreckaimer für de Naßmüll isch voll, Gerda. Do *fliegt alles raus un fahrt uff'm Bode rum.* Wo kann i des *hie'schmeiße?"* Sie hätt'n erscht ganz verschreckt a'gstarrt. Er hat ihr die Abfäll unner d'Nas g'hobe, also g'halte, un ziemlich hochdeutsch widderholt: „Wohin *do demit?* Der Eimer quellt über!" Jetzt hat se's kapiert. „Ah ja! Pack das … das Gebützig, wie das wohl im Schwäbischen heißt, einfach in'ne Plastiktüte." Er hat sein Ärger runnerg'schluckt. Daß se vielleicht was merkt, hat er extrabrait schwäbisch z'rückg'frogt: „Hend mer denn au e Gückle, wo zom Wägdue net z'schad ischt?" Sie hat den Unnerschied im Schwätze garnet mit'kriegt. „Die Tüten sind unter der Spüle!", hat se g'rufe, ohne sich vom Herd umzudrehe. Seither waiß er, daß bei de Schwiegerleut d'Gucke unner de A'richt sin.

Des wurmt de Karl-Heinz als Badener. Kaum fahrt er von dehaim fort, wird er zum Schwob un schwätzt schwäbisch. Daß en Schwob irgendwo für'n Badener g'halte wird, des gibt's praktisch net. Des wär'm Karl-Heinz zwar a net so recht, aber s'wär immer noch die bessere Verwechslung.

Bei dene Nordmensche gibt's uns Badener überhaupt net! Als Volksstamm kenne die uns net. Mir sin dort niemand. Bloß Schwobe! Den himmelweite Unnerschied zwische dene Menscheschläg kann mer dene Leut net klarmache. Sie wisse's halt net besser. Sie meine's jo net bös.

Mer müßt mol en Schwob zum Vergleiche mitbringe. So'n richtige Schwob aus Balinge oder Nürtinge. En Stuttgarter däd's a. Es gibt jo überall g'nug Typische. Den müßt mer e Woch lang zur Gegenüberstellung bei de Schwiegerleut in Lingen ei'quartiere. Als schwäbischer Schwiegersohn. Uff des Abschiedsesse im noble „Landgasthof Mertens", wo de Karl-Heinz d'Schwiegereltern als Dankschön immer ei'ladet, könnte se do lang warte. Der däd vielleicht in de Pizzeria „Da Pino" d'Getränke übernemme. Un beim Fortfahre gäb's en warme Händedruck mit'me herzliche Vergeltsgott. Des wär e lehrreiche Lektion in vergleichender Stammeskunde.

Aber ain's wär bei'me schwäbische Schwiegersohn genau so wie bei ihm. Er däd sich a nützlich mache, wenn er e Woch lang dort wär. Mer isch doch net uff B'such. Als Gascht derf mer nix mache. Als Familiemitglied derf mer wenigschtens schaffe. Wer mol zu're Familie g'hört, der wird dort nie mehr zum Gascht runnerg'stuft. .

Wenn de Karl-Heinz zum Schwiegervadder sagt: „Paß uff, Fritz, bis zum Sonndag sin mer noch do. *Morge helf i dir helfe de Dachkandel vom Schöpfle flicke*", versteht der

Mann wahrscheinlich net viel. Aber er freut sich trotzdem. Weil's so hilfsbereit klingt.

De Karl-Heinz schafft viel, wenn se bei de Schwiegerleut sin. Bei so'me große Haus mit Garte gibt's immer was zu mache. Un de Fritz war Maurer. Seit er in Rente isch, hat er d'Baustell uff sei Grundstück verlegt. Er sei halt en Wuhler, sagt de Karl-Heinz, un handwerklich e Käpsele. Also grad s'Gegetail von ihm mit seine zwei linke Händ. Er däd halt mehr so debeisteh un Handlangerarbaite mache, dem Fritz was abnemme oder was hebe. Aber do ging's schon los. Sie schaffe prima z'amme, solang se debei nix schwätze. Wenn de Schwiegervadder uff de vorletschte Sproß von de ausgezogene Ausziehlaiter rumturnt un sein Taubeschlag repariert, kann de Karl-Heinz ruhig hochrufe: *„Main'sch des Lättle hebt?"* Es passiert nix. Er kriegt nur kai Antwort. Wenn er aber unne nach de Laiter greift un zur Beruhigung nach obe ruft: „Komm'sch dra? Wart, *ich heb d'Laiter!"*, wird's g'fährlich. „Bist du verrückt, Mensch! Hände weg!", hätt de Fritz domols gebrüllt. D'Nägel seie'm aus'm Mund g'falle, und er, de Karl-Heinz, hätt beinah den schwere Hammer uff de Kopf kriegt. De Fritz hätt sich scho am Lättle vom Taubeschlag feschtgeklammert. Möglicherweis hätt's sogar g'hobe. Wenn der was macht, macht er's richtig.

B'sonders schön sin immer die Familiefeschtle, wenn alle eng um de Tisch rum hocke, die Schwäger un Schwägerinne mit ihre Fraue un Kind un Kegel. De Karl-Heinz isch halt en Familiemensch. Mit große Bierschlück trinke se sein mitgebro'chte Wein weg. Er kann's kaum mita'gucke. Sie kriege Durscht vom Spätlese-Trinke un steige widder uff ihr kornverfeinertes Flaschebier um. Wenn er was zu vorgerückter Stunde, wo's laut zugeht, dezwischeschreit un alle gucke ihn a wie e Frogezeiche, dann sagt d'Hiltrud: „Also er meint ..." Manches kann se net übersetze. Netmol grob sinngemäß. Wenn er se an sich drückt un debei zu de Schwiegerleut sagt: *„Alter Freund, euer Tochter kann e ganz schön's Ripp sei.* Die hat e *spitze Gosch, des Mensch!"*, muß se kapituliere. Aber weil se jo baide lache, muß se nix erkläre, d'Hiltrud. Ihre Eltern denke sich wahrscheinlich, s'wird so e süddeutsche Zärtlichkait g'wese sei. Sie habe sich sowieso dra g'wöhnt, bei ihrem schwäbische Schwiegersohn aus'm Badische net jedes Wort verstehe zu müsse. Sie höre halt uff de Tonfall, gucke uff seine Händ un achte uff sei G'sicht, wenn er schwätzt. E Wörtle kapiere se immer. Des langt. De Rescht könne se sich u'gfähr z'ammedenke. Un wenn net, sehe se wenigschtens, wie er's g'maint hat.

Leut, die hochdeutsch spreche müsse, also net frei rede könne, weil se beim Schwätze uff Regle a'gwiese sin, maine immer, mir mache grammatische Fehler. Daß mer zu're Frau manchmol „das Mensch" sage muß, begreife die net, obwohl des logisch isch.

Was will'sch denn als Mann mache, wenn'd mit de normale Grammatik bei Fraue net weiterkomm'sch? Die weibliche Natur isch oft zu kompliziert für de Duden. Die isch so überzwerch, daß e ainziges G'schlechtswörtle net ausreicht. Do helft nur die grammatische Verzwitterung „das Mensch". Des kann alles un nix sei. Die ganze männliche Verwirrung über die undurchschaubare Weiberart steckt drin. Je nach Betonung kann des e Schimpfwort oder e Kosewort sei. Mer muß uffpasse.

Wenn en Mann d'Hiltrud Motorrad fahre sieht, wie ihre blonde Haar unner dem Helm hinneraus im Fahrtwind flattere, könnt er sage: „Guck dir des Mensch a!" Des wär direkt eine erotisch g'färbte Bewunderung.

Zum Schimpfe nemmt mer meischtens eindeutig klärende Zusätz. Es gibt zum Beispiel „e Dreckmensch, e elends" oder „e Saumensch, e dreckichs". Oder in ganz krasse Fäll im ländlich asoziale Bereich „e dreckichs Saumensch, e elendiges". Do kommt's dann nimme uff d'Betonung a. Des isch kurz vor de Handgreiflichkait. Do isch alles g'schwätzt.

En kleiner Bu kann en knitzer Kerle sei. E klaines Mädle isch „e Menschle", weil die Anlage für des spätere Mensch schon zu ahne sin. In dem herzwarme Kosewort „Menschle" steckt „knitz" scho drin. En Großvadder kann die Liebe zu sei'm weibliche Enkelkind net stolzer un zärtlicher in Worte fasse, als wenn er beispielsweis sagt: „Oh, unser Nadine! Des isch e Menschle!" Natürlich hat der Großvadder gut schwätze. Er hat die Nadine net immer um sich. Für die seriöse Seit von de Erziehung isch er nimme verantwortlich. Er isch mehr fürs Plaisir zuständig. Un mit de ausg'wachsene Fraue, dene „Menscher", hat er laider Gottes oder Gott sei Dank nimme viel z'schaffe.

Übrigens wollt d'Hiltrud mol erklärt habe, was des Wörtle „knitz" genau bedeutet. Ich hab's net könne. „Schlau", „gerissen", „schalkhaft", „durchtrieben" oder „liebenswert hinterhältig". Viele Wörter, aber kain's isch „knitz" g'nug. Mit der Sproch im Ohr muß mer uffg'wachse sei. Mir habe se halt scho im Kinnerwage in de Backe gepfetzt un g'sagt: „Was isch, du? Du Knitzer, du? – Guck, wie er knitz lacht!" Ich kann des Wörtle net erkläre. Ich spür d'Bedeutung am Backe.

Oder unser „le", des mir gern an manche Hauptwörtle hinnedra hänge. Für die Dudenschwätzer klingt des drollig un g'mütlich. Wie im süddeutsche Bauretheater. Dene g'fallt des halt. Wie's funktioniert, wisse se net.

Wenn die Lingener Verwandtschaft den Karl-Heinz wege sei'm Dialekt e bißl uff d'Schipp nemme will, sage se: „Na denn, Karl-Heinz, ein gutes Nächt-le!" Nur, des sagt mer bei uns net. Höchschtens, wenn mer d'Schwobe parodiere. De Badener hängt kai „le" an d'Nacht. Defür isch'm de Schlof zu wichtig. Er schafft tagsüber viel. D'Schwobe schaffe vielleicht no meh. Aber die brauche weniger Schlof. Im Schlof geht d'Zeit naus wie nix. Un s'isch nix verdient.

Mit dene zwai Buchstabe muß mer umgehe könne. Die kann'sch net ai'fach überall dra'pappe, als wäre se e normales Verklainerungssilble. Des isch e pfiffiges Diminutivle. Mit dem „le", dem winzige „lele" hinne, kriege mir den Alltag besser in de Griff un mache s'Lebe erträglicher. S'isch g'wissermaße e philophisches Suffixle.

Wenn e Viertel z'viel wär, trinkt mer halt e Viertele. Wenn des a z'viel isch, weil mer noch Auto fahre muß, bestellt mer in Gottsname e Achtel. Wege so wenig steht kain Wirt bei uns gern uff, aber er bringt's grad noch. Aber bitte, kai Achtele verlange! Sonscht könnt's in're volksnahe Wirtschaft passiere, daß de Wirt vom Stammtisch rüber ruft: „Wart, bis'd Durscht ha'sch!" Also e Achtele isch fascht nix. Am beschte bestellt mer e Viertele. Un des Mäule voll, des mer nimme trinke möcht, laßt mer großzügig steh.

Ich hab die Erfahrung g'macht, daß des im Schwäbische net immer geht. Beim Bezahle in're gutbürgerliche Wirtschaft in Heidehaim an de Brenz hat mol e stark gebaute Wirtsfrau uff mei Glas Trollinger gezaigt: „Do isch no äbbes drin, Sie!" Ich bin mir vorkomme wie e Kind. Es hat so resolut un vorwurfsvoll geklunge, daß ich's mit e paar Schlückle schuldbewußt voll leergetrunke hab. Ich glaub, die Frau hätt mich sonscht net rausg'laßt. Sie hat sich in meiner Näh uff'ghalte un ab un zu hergeguckt. Ich hab mi später uff'm Bahnsteig in die schwäbisch Zwangslag von dere Frau versetzt. Was hätt se denn mache solle? Des Viertele war bezahlt, also bis zum letschte Schlückle was wert. Wegschütte hat se's net könne. Selber trinke hat se's net wolle. Als Kochwein derf mer's net nemme. Sowas macht mer net. Außerdem isch Wein eine mit Weingärtnerschwaiß versetzte Gottesgabe, besonders der Trollinger. Der isch e Spezialg'schenk für d'Württeberger. So arg neidisch bin i do als Badener net. Aber g'schenkt isch g'schenkt. Ausleere wär e Sünd. Ich hab uff dem Bahnhöfle Zeit g'habt zum Nachdenke. Mein Zug war mir vor de Nas wegg'fahre. Hätt ich unner Aufsicht von dere Frau mei Glas net voll leertrinke müsse, hätt ich'n grad noch verwischt.

Groß g'ärgert hab i mi net. Was soll's? Wege dem Stündle, hab ich mir g'sagt. Kauf dir am Zeitschriftebüdle so e Käsblättle, hock di uff e Bänkle un wart uff's nächschte Zügle. Wie oft wartet mer im Lebe uff Zügle, die schon lang abg'fahre sin! Un wege dem Terminle heut obend? Wo se widder wege jedem Dreckle rumhändle! So wichtig isch des net!

D'Lokalzeitung hab ich mir g'holt un e bissle g'lese. In de Näh war widder so e Cessnale in e Waldstückle g'stürzt. Der Pilot, e junges Bürschle, isch glücklicherweis mit e paar Kratzerle devo'komme. Wahrscheint's von dene Zweigle un Äschtle. Ich hab die klaine Annoncekäschtle vom Erotik-Markt studiert. Es ware scho harte Sächele debei. In dem Städtle hätt ich des net gedenkt. Beinah hätt i mei Zügle widder verpaßt. Bloß wege dem „le".

Oder d'Hiltrud neulich. „Stell dir vor", hat se g'sagt, „unsere Reinemachefrau, die Frau Weber, hat'n Hirnschlach bekommen!" Ich bin direkt z'ammegezuckt. Net wege der Frau Weber, sondern vor dem brutale Wort. Herrgott, könnt mer des net e bißl netter sage? S'Lebe isch doch oft schlimm genug. Mer muß doch net noch so drüber schwätze! Furchtbar hat des geklunge. Hart un endgültig. Hirnschlag. Fertig aus. Do sieh'sch die arm Frau im Rollstuhl sitze, wie se g'füttert wird. Ich hätt g'sagt: „D'Putzfrau, d'Webern, hat e Schlägle kriegt." So. Des isch natürlich a schlimm. Aber es hört sich vorübergehender a. Do steckt die Hoffnung drin, daß se bald widder putze kann. Ob's dere deshalb besser geht, waiß i net. Aber für ihr Umgebung isch's leichter. Sowas kann schließlich jeden mol treffe. Dann isch mer a froh, daß es nur e Schlägle g'wese isch.

Unser Dialekt isch doch e prima Sproch! Mit'me einzige Silble könne mir aus 'me Schicksalsschlag e Schicksalsschlägle mache. Un wenn mich d'Leut manchmol froge: „Wann kommt mol widder e neues Büchle!", setz ich mich viel entspannter an de Schreibtisch, als wenn ich e Buch schreibe müßt.

Aber z'rück zu de Hiltrud. Die hat des Grünkohl-mit-Pinkel-Esse im Spätherbscht als klaine Tradition im hiesige Freundeskreis ei'führe wolle. Um uns ihr heimische Eßkultur näherzubringe. Alle sin komme, un jedem hat's net schlecht g'schmeckt.

Weil mer zu dem Esse, laut Hiltrud, zur Verdauung reichlich Klare trinke muß, war e Bombestimmung. Für d'Haimfahrt habe mer die öffentliche Verkehrsmittel benutzt, Taxi oder Straßebahn. Nur de Jürgen net. Der isch noch g'fahre. Aber net weit. Beim Ausparke hat er de Führerschein verlore, weil er en grün-weiße Volkswage zu 're Notbremsung gezwunge hat. Er hätt noch einwandfrei fahre könne, hat er später behauptet. Er sei bloß zu müd g'wese, um in de Rückspiegel zu gucke. „Fahrschulfürz!", hat er g'schimpft.

S'Johr druff habe alle abg'sagt. Schlagartig sin se mit ähnliche Symptome anscheinend krank wore. Magekrämpf mit kalte Schwaißausbrüch hätte se. Seit Tagen schon. Oder Durchfall mit Schüttelfroscht. Oder Verstopfung mit Sodbrenne. Wenn's am Montag net besser sei, müßt mer zum Arzt. D'Fraue habe d'Männer entschuldigt un umgekehrt. Je nachdem, wer sich durchg'setzt hat als Kranker. Die Betroffene sin immer zu schwach zum Telefoniere. Nur de Alex hat selber a'rufe müsse, weil er domols kai Frau g'habt hat. Er hat öfter kaine. Manchmol hat er zwai. Aber er wird nie so intim mit're Frau, daß die ihn in solche Krankhaitsfäll am Telefon vertrete könnt. Plötzlich seie ihm heut morge d'Auge dick zug'schwolle, hat er geklagt. Er däd ausseh, als hätt er zwai uffgeplatzte Zwetschge im G'sicht. Vielleicht sei Nickelallergie.

Jedesmol hat d'Hiltrud g'sagt: „Jou, schade! Denn kurier dich man gut aus, ne!" Aber de Spitzereiter unner de Entschuldigunge war Brechdurchfall. Des isch immer e griffiges Krankheitsbild. Den arme Deufel sieht mer obe und unne schwer gebeutelt vor sich. Do hat mer Verständnis. Brechdurchfall, wer des hat, soll um Himmelswille dehaim bleibe. Der soll ei'm bloß net in d'Wohnung komme, bevor er net hunnertprozentig herg'stellt isch.

So richtig g'loge habe die Freunde mit ihre Entschuldigungsgründ net. Sie habe nur e bißl g'schwindelt. Sie habe ai'fach uff die Beschwerde z'rückgegriffe, die se nach'm erschte Mol wirklich g'habt habe. Aus Angscht, sie könnte se widder kriege. Dem Alex sin domols tatsächlich d'Auge zug'ange. Am nächschte Tag hat er g'wußt, warum. Er hat die Plomp von der Pinkelwurscht mitg'esse. An seine dicke Auge war des Esse net schuld. Aber kaum war die allergische Reaktion abgeklunge, hat er Brechdurchfall kriegt. Seither hat er so e starke Abneigung gege des Gericht, daß er schon bei dem Name abwinkt un schreit: „Hör mir bloß uff!"

Ich bin de ainzige, der noch jeden November zum traditionelle Grünkohl-mit-Pinkel-Esse erscheint. Ich vertrag's relativ gut. Ich eß des sogar garnet ungern. Schon aus alter Freundschaft zum Karl-Heinz. Ai'mol im Johr kann mer des doch esse. Un d'Hiltrud isch a net aus'm Weg, wenn mer se net jeden Tag um sich rum hat. Ai'mol in de Woch isch kai Problem.

Jetzt isch d'Hiltrud so lang bei uns, aber an ihrer Sprach merk'sch du absolut nix. Unser Dialekt perlt an der ab, wie Wassertropfe an'me frisch imprägnierte Regemantel. Die nemmt nix a. Die kann noch zwanzig Johr do bei uns lebe, die schwätzt, also redet garantiert noch so, als sei se nie do g'wese. In dere Sprach, die mer bloß überall sofort versteht.

S'isch eher so, daß sich de Karl-Heinz durch ihr erdrückende Wortübermacht so schleichend sei Sproch versaut. Er paßt sich ihr a. Es sin Kleinigkaite, die der garnet merkt. Aber mir falle se uff.

So frogt er mich neulich, wörtlich: „Wann isch'n *Jürgens Geburtstag?*" Ich hab g'macht, als hätt ich ihn net verstanne. Er hat's nochmol wiederholt. „Ah so, du main'sch *de Geburtstag vom Jürgen, dem Jürgen sein Geburtstag!*" Mein Wink mit'm Zaunpfahl hat er net kapiert. Immer öfter benutzt er de falsche Genitiv. S'gäb viele Beispiele für'm Karl-Heinz sein Sprachverfall. Zu're *Deck* sagt er nimme *Teppich.* Von mir aus. Wenn er maint. Jetzt braucht er für ai Sach halt zwai Wörter. Vor de Hiltrud hat er jahrelang im *erschte Stock* g'wohnt. Plötzlich wohnt er im *Erdgeschoß.* Des isch doch schwachsinnig. Über'm Keller wird e Haus aufgestockt, sonscht wird's net höher. Logischerweis muß mer beim Uffstocke mit'm erschte Stock a'fange. Sonscht wär unner'm zwaite nix! Für mich haißt des E uff'm Fahrstuhlknopf jedenfalls weiterhin Erschter Stock. Fertig! Un wenn ich uff ains drück, bin i im zwaite. So!

Aber gut, jeder soll schwätze wie er will un kann. Nur manchmol ärgert mich die Hiltrud doch. Sie kann's net lasse, mich wege de Sproch zu stichle. Selber nix a'nemme, aber sich uff so e schnippische Art s'Maul verreiße. Sowas hab i gern! Ich mach mich doch a net über ihr Seziermesser-Sprach luschtig! „*Helf mer dra denke,* daß ich dir des Geld z'rückgeb!", hab ich mol zum Karl-Heinz im Lokal g'sagt. Er hat mir was auslege müsse. Ich mach net gern

Schulde. Deshalb hab i nochmol mit Nachdruck g'sagt: „Gell, *denk mer helfe dra!*" Do lacht die Hiltrud, daß alle Gäscht außerum d'Ohre spitze. „Hubert, wolltest du etwa sagen, er soll *dich erinnern?*" Sie hat mich nachg'äfft. Des kann-se. „Denke-mir-helfen-daran! Grauenhaft! Is ja wie'n Volltreffer ins Sprachzentrum, Abteilung Satzbau!" Ich hab en Zorn kriegt. Vielleicht nur, weil in ihrer Sprach alles so zackich un knallhart klingt. Weil ich in dere Sprach kai Schlupflöchle find.

„Komm geh fort, Hiltrud!", hab i abg'wunke – abg'winkt. „Mit dein're saublöde Grammatikbüchles-Babblerei, dein're blöde! Du ha'sch doch kai Ahnung vom kreative Schwätze!"

Des hat g'sesse! Ich hab's net so g'maint. Oder vielleicht doch? Ich weiß es nimme. Jedenfalls isch se belaidigt g'wese. Drauße vor'm Lokal hab ich mit'me Seiteblick zu ihr nochmol extra laut zum Karl-Heinz g'sagt: „Du brauch'sch mi net erinnere! Aber wie g'sagt, *denk mer helfe dra, daß i net vergeß, dra'zudenke, daß ich dir des Geld geb!*" Es hat e versöhnliches Späßle sei solle. E Parodie. Aber d'Hiltrud hat net g'lacht. Deshalb hat de Karl-Heinz a net lache wolle. Wortlos sin mer über de Parkplatz zum Auto g'ange. D'Stimmung war gedrückt.

S'hat g'regnt, wie schon de ganze Tag über. „Also langsam könnt's a mol widder *a'fange uffhöre z'regne!*", hab i g'schimpft, nur, daß was g'schwätzt war. De Karl-Heinz hat d'Ärm wegg'streckt. *„S'hört scheint's a'fange uff!"* D'Hiltrud hat de Kopf g'schüttelt un e G'sicht gezoge, als däd ihr was weh. Aber g'sagt hat se nix. Des passiert net oft. Vielleicht hat's ihr vor der Sproch d'Sprach verschlage.

Uff de Haimfahrt hat de Rege uffg'hört. Sogar d'Sonn isch e bißl aus de Wolke komme. De Karl-Heinz hat beim Fahre zum Himmel geguckt. „Guckt mol! Dort drobe! D'Sonn *spickelt* raus! *S'fangt doch a'fange a schöner z'were!*" Er hat sich bei dem Satz nix gedenkt. Er wollt halt die Atmosphäre im Auto ufflockere. Ich bin hinne uff mei'm Rücksitz klainer wore.

D'Hiltrud hat de Mund nimme halte könne. „War wieder so'n schöner, kreativer Satz. Ehrlich, da kriegste ja Migräne, Mensch!" Des war klar an meine Adreß'. Zwische de Sitze hab ich mich vorgebeugt.

„Liebe Hiltrud", hab ich freundlich un ruhig g'sagt un bin mir vorkomme wie en Professor. „Das Leben, besonders das Wetter, verläuft nicht digital, sondern analog. Das heißt, es gibt beobachtbare Übergänge!", hab ich hochdeutsch doziert. Dann isch's mit mir durchg'ange.

„Herrgottsack, des isch doch net wie im Fernseh, wo mer uff's Knöpfle drückt! Zack – es regn't! Zack – s'regn't net! Alles fangt a'fange a. Dann isch's e Weil. Un wenn's lang g'nug g'wese isch, hört's a'fange uff. Des klingt kompliziert, isch aber logisch." D'Hiltrud hat g'sagt: „Du, da gibt's in der deutschen Sprache das schöne Wort ‚allmählich'. Schon mal gehört?" Es hat widder so von obe runner geklunge. Ich hätt mi scho widder ärgere könne. Deshalb hab ich mitlaidig g'lächelt un langgezoge wiederholt: „Allmääählich! – Bis'd des g'sagt ha'sch, hat de Rege uffg'hört! Ich kenn des Wort, Hiltrud! Ich kenn's, aber ich benutze es nicht! Weil's mir net g'fallt! Zum Glück sin mir net uff jedes Wort im Lexikon a'gwiese. Bei uns funktioniert die Verständigung e bißl sensibler!"

Sie hat spöttisch g'lacht. „Entschuldige, Hubert, aber da kann ich wirklich nur lachen!"

„Paß uff", hab i g'sagt, „Beispiel. Mir habe vier *Backe.* Zwai im G'sicht, zwei am ... am Gesäß. Die verwechsle mir nie! Mir brauche kaine *Wangen,* um die Backe zu unnerschaide! Sage mer, wenn ainer bei'me Straßefescht im Stehe an'me zähe Steakweck rumkaut, muß er doch net sage „mir schmerzen die *Wangen*"! Daß er sei *Backe* maint, isch doch klar. Oder wenn mir e Frau en Kuß uff de Backe g'ebe will, laß ich dann d'Hos runner oder was?

Wenn aber jemand, mol a'gnomme, nach'me zwaistündige Orgelkonzert, nur als Beispiel, vom Kirchebänkle uffsteht, muß der niemand erkläre, welche *Backe* er spürt. Des sin net die G'sichtsbacke, sondern seine Ar ... seine *Hinterwangen*! Versteh'sch, was ich sage will?"

D'Hiltrud hat de Kopf g'schüttelt: „Ne, kein Wort!" Ich hab Luft g'holt un z'sammeg'faßt: „Ich will sage, Hiltrud, mir gehe sparsam mit de Wörter um. Es braucht net jede Sach ihr aigenes Wort. Die Bedeutung regelt sich beim Schwätze. Un uff dei ‚allmählich' könne mer verzichte!"

In dem Moment hat sich de Karl-Heinz beim Fahre ei'gmischt: „Also ich däd sage, *so langsam langt's allmählich! Höret a mol widder a'fange uff!*"

D'Hiltrud hat mol g'sagt, am A'fang sei se sich bei uns sprachlich vorkomme, als hätt se sowas wie'n deutsche Ausländer mit'me große Freundeskreis g'heiratet. Grad in größerer Runde, wo alles durchenanner schwätzt un rumfuchtelt, hätt se die Sprach wie e Geräuschkulisse empfunde. Es hätt wohl irgendwie deutsch geklunge, des Stimmegewirr, aber verstanne hätt se nix. Oder zuwenig, um mitzuschwätze.

Aber des war mol. Heut kriegt die alles mit. Sogar mehr als manchmol sei müßt. De Karl-Heinz muß scho lang nimme de Dolmetscher spiele, un seither kommt er seltener zu Wort. Sie hört sogar die Zwischetön raus. Wenn se mir heut vorm' Gehe noch e Glas Wein a'biete will, verstehe mir uns wunderbar. Dann isch des e problemlose regionaltypische Redesituation. Beinah ohne Wörter.

Sie steht mit de Flasch am Tisch. „Na, Hubert, trinkste noch'n Schlückchen?" Ich guck mit'me bedenkliche G'sicht uff d'Uhr un sag: „Was? Scho soviel Uhr? Heieiei! Lieber net!" Ich bleib sitze un deck mei Glas net ab, daß se eventuell gege mein Wille ei'schenke kann. Nach zwai Sekunde verlier ich plötzlich d'Geduld. Ich wink heftig ab un ruf: „Jo alla hopp!" Dann schenkt sie ei, ohne daß ich e Wort g'sagt hab. Ich laß mir praktisch was so uffdränge, daß ich nachher sage kann, ich hätt's net g'wollt. Ich will mit meiner Überredung so wenig wie möglich zu schaffe habe.

Ung'fähr bei de Hälfte ruf ich: „Halt! Nur e Schlückle!" Sie reagiert net un macht voll. Also die Hiltrud hat die Feinhaite begriffe. Die waiß inzwische, daß d'Leut bei uns oft schwätze, um was anneres zu sage.

Ich muß bei der Sproch oft an früher, an dehaim denke. Bei uns wär kain Bisse Esse verkomme. Nach Pfannkuche hat's solang Flädlesupp g'ebe, bis es kain Pfannkuche meh g'ebe hat. Mir habe ai'fach nix wegschmeiße könne. Mit de Klaider war's ähnlich.

Bis bei uns was im Lumpesack war, sin mer lang drin rumg'laufe. S'hat drei Sorte Klaider g'ebe.

Klaider „für gut". Des ware net viel. Weil „für gut" net oft war. Sie habe lang g'halte. Wenn se für gut nimme gut g'nug ware, hat mer se runnerg'stuft. Zu de Klaider „für alle Tag uff d'Straß". Bis es irgendwann g'haiße hat, so könnt mer nimme rumlaufe. Aber dehaim könnt mer se noch a'ziehe. Dann ware se bei dene Sache „für dehaimrum". Dort hat sich alles g'staut. Mir habe immer mehr Klaider „für dehaimrum" z'amme'kriegt. Weil alles zum Fortschmeiße immer zu schad war.

Des ware vertraute un bequeme Klamotte. Nach'm Haimkomme isch mer gern nei'gschlupft.

Manchmol versuch ich, hochdeutsch zu reden. Also „für gut" zu schwätze. Aber es klingt immer e bißl nach mein're Sproch „für dehaimrum". Un d'Hiltrud muß lache un sagt: „Brech dir man bloß keinen ab, du!"

De Herr Panitzke kommt haim

D'Mutter hat a'grufe. De Herr Panitzke aus'm vierte Stock sei g'storbe. Drei Monat nach sein're Frau. Die Beerdigung sei am Mittwochmorge um zehn uff'm Hauptfriedhof. Ob ich Zeit hätt.

Ich hab g'sagt, ich hätt kai Zeit. Ich könnt unner de Woch net uff Beerdigunge von irgendwelche Leut rumhopfe. „Aber de Herr Panitzke isch doch net grad irgendwer! Der hat dich schon als Büble uff de Schulter rumg'hutzelt!", hat se g'sagt. „Sei mir net bös, Mutter, aber er war trotzdem en Drecksack. Des hab ich als Kind net wisse könne. Sonscht hätt ich mich von dem net hutzle lasse!" Es war en Moment still in de Laitung. Dann widder ihr Stimm. „Also er hat a sei gute Seite g'habt!" – „Ja, vor allem d'Rückseit", hab ich gebrummt. „Sei doch mol ehrlich, Mutter, niemand im Haus hat de Panitzke leide könne, den alte Denunziant, den Faschist!"

„Gerhard bitte! Den Ton verbitt ich mir! Über Tote soll mer net schlecht rede!" – „Ja, ha'sch recht", hab ich g'sagt, „zu Lebzeite hätt mer ihm des sage müsse!"

D'Mutter hat e weinerliche Stimm kriegt. Vierzig Jahr hätt mer immerhin im selbe Block g'wohnt. Des könnt mer net mache, daß mer net zu de Beerdigung ging. „Des g'hört sich", hat se g'sagt.

„Es g'hört sich, daß mer ...". Mit der Redewendung bin ich uffg'wachse. Oder „des verlangt de A'stand".

Ich hab mei Zigarett ausgedrückt un g'sagt, ich wollt mir's überlege. D'Mutter hat g'heult. „Von de alte Hausgemainschaft sterbe alle weg". S'gäb nur noch d'Frau Bönig unne im Parterre un s'Lachmanns obe. Sonscht nur noch Türke. Die seie net aus'm Weg. Ordentliche Leut. Aber s'wär halt nimme wie früher. De Z'sammehalt däd fehle. Sie hätte z'ammeg'legt, d'Frau Bönig, s'Lachmanns un sie. Für de Herr Panitzke hätte se e Bukett für vierzig Mark richte lasse. Von de Hausgemainschaft.

Ich hab mir de Mittwochmorge im Notizbuch notiert un versproche, des Bukett um neun in de Friedhofsgärtnerei abzuhole. D'Mutter war erleichtert. „Des g'hört sich ai'fach, daß mer dem Mann die letscht Ehr' erweist".

Die Panitzkes ware Polendeutsche. Ich glaub, aus Schlesien. Der Nazi-Überfall hat ihre polnische Mitbürger zu Ausländer in Großdeutschland g'macht un sie vorübergehend zu Herremensche. Aber wie's halt so geht. Irgendwann verwandle sich alle Herrerasse in große Flüchtlingstrecks, die's aus gutem Grund ziemlich eilig habe.

So sin se nach'm Krieg als Flüchtling komme un sin ewig Heimatvertriebene gebliebe, weil Polen nimme deutsch war. De Herr Panitzke hat immer die goldene Ehrenadel von seiner Landsmannschaft am Sakkorevers getrage.

De Panitzke war de geborene Aufseher un Blockwart. Ein Spitzel un Denunziant aus Leidenschaft. Nach seiner Pensionierung war's direkt krankhaft. Des war gekoppelt mit're wahre Ordnungswut un're Abneigung, vielleicht sogar Haß gege alles Fremde. Un fremd war ihm alles, was net deutsch war.

Vom Balkon aus hat er durch sei Geranie die ganze Wohnanlag mit'm Fernglas überwacht. Er hat genau g'wußt, wer von wem wie lang B'such hat. Autonummere hat er notiert. Wenn jemand in de Wendeschlaif geparkt hat, isch er kurz im Wohnzimmer verschwunde. Wenig später isch d'Polizei vorg'fahre. Die Beamte ware schon informiert, wo se klingle müsse. Abschleppmanöver hat er hinner de Gardine mit'm Feldstecher verfolgt. Sei Frau hat nebe ihm s'Opernglas benutzt.

Er hat Beschwerdebriefe an d'Wohnungsbaug'sellschaft g'schriebe un alle mögliche Hinweis- und Verbotsschilder beantragt un durchg'setzt. „Fahrräder anstellen verboten", „Privatparkplatz" oder „Der Rasen ist kein Spielplatz!".

Ans Schwarze Brett im Hausflur hat er laufend Zettel g'hängt. „In der Winterszeit ist die Haustür ab 20 Uhr abzuschließen!".

Besonders streng hat er über die Einhaltung der Hausordnung bei dene türkische Familie g'wacht. Des G'schäft war samstags zu erledige, vorzugsweise am Vormittag. Frühmorgens hat er sich aus de Wohnung g'schliche. Bei dene türkische Wohnunge hat er Zucker verstreut. Die weiße Körnle hat mer net g'seh uff de Waschbetonstufe. In de Nacht zum Sonntag hat er die Stufe mit'm Handfeger schnell abg'fegt. In der braune Kehrschaufel war jedes Körnle de sichtbare Beweis, daß die net g'fegt, geschweige denn naß geputzt habe, wie's Vorschrift war. Un de Herr Gülenc hat e Schreibe von de Hausverwaltung kriegt.

In de letschte Zeit war sei Frau bettlägerig. Zwaimol am Tag isch e Sozialschwester komme, um sie zu pflege. De Arbaitersamariterbund hat ihne s'Esse auf Rädern bringe müsse. Aber selber ei'gekauft hat er noch, de Panitzke. Mit de Tasch isch er kaum noch die Treppe hoch'komme.

Wenn ich mei Mutter besucht hab, hab ich ihn manchmol im Treppehaus überholt. Im Vorbeigeh hab ich ihm sei Tasch ab'gnomme un obe vor d'Tür g'stellt. Weil sich des so g'hört.

Immer mehr isch er mir vorkomme, wie'n krummer, vertrockn'ter Zwerg. Wie e Liliputanermumie. En deutscher Zombie mit'm Böse Blick.

Ich waiß noch, wie ich'n zum letschte Mol g'seh hab. Mit baide Händ hat er sich am Treppeg'länder feschtgeklammert. Es war vor'm Gülenc seiner Wohnung im erschte Stock. Sein klaine Kopf zwische die schmächtige Schultere gezoge, hat er g'röchelt un nach Luft g'schnappt. Ich hab ihn von de Seit so betrachtet. Ich wollt grad Mitlaid mit ihm kriege. Ich glaub, ich hab g'seh, daß er nimme lang lebt.

Aber kaum hat er g'nug Luft g'habt, um was zu sage, hat er sei beiges Sommerhütle vom Kopf g'risse un sich vor de Nas rumg'fächelt. „Mann, das stinkt hier vielleicht! Die kochen man wieder ihren Knoblauchfraß, die Kanaken!" Ich waiß net, warum ich ihm sei Tasch trotzdem hochgetrage hab. Es g'hört sich halt so. Er hat sich bedankt.

Als ich später g'ange bin, habe vor'm Haus die Türkekinner g'spielt. Die Enkel vom Gülenc. Zwai Bube un drei Mädle. Alle so im frühe Zahnlucke-Alter. Sie habe mich so vorwurfsvoll a'geguckt, daß ich steh gebliebe bin. „Na, was los sein mit euch?", hab ich in mei'm gepflegteschte Hochdeutsch für Ausländer g'frogt. Sie habe verlege wegg'guckt. Uff ihre Kreidekritzeleie uff'm Asphaltweg, die de Panitzke immer mit'me entsprechende Verbotsschild verbiete lasse wollt. Nur d'Sirin hat mich mit ihre anatolische Auge a'funkelt: „Die Dasch vom Herr Panützkü trage mir immer nuff! Dann gebt er uns zwai Mark!" Ich hab g'lacht un de Geldbeutel gezoge. Ich hab ihr Hand g'nomme un e Fünfmarkstück nei'glegt. „Oh, danke, danke!", hat se zu mir hoch g'strahlt, daß ich ihre Mausezähn an de Seite g'seh hab. En Freudehopser uff de Stell, en türkischer Jubelruf über de Platz. Schon rennt die ganze Bande über de Rase zum Kiosk.

Mir war ei'gfalle, was mir d'Mutter verzählt hat. Am A'fang hätte die Gülenc-Kinner dem Herr Panitzke d'Einkaufstasch nur aus Freundlichkait hochgetrage. Sie hätte kai Geld defür erwartet. Aber dem Panitzke war des net recht. Von dene wollt er sich net helfe lasse. Dene hat er net dankbar sei wolle. Wenn mer bezahlt, muß mer sich net bedanke, hat er sich wohl g'sagt. Er hat sich vom Dankesagemüsse freigekauft. In de Jacketasch hat er immer e Zwaimarkstück parat g'halte. Vor seiner Wohnungstür hat er ausbezahlt. Wortlos. Ohne die Kinner a'zugucke.

Die habe sich en Sport draus g'macht. Jedes wollt die Tasch schnappe un s'Geld kassiere. S'war immer e Gerangel um die Taschehenkel vom Panitzke. Am Sandkaschte habe se g'lauert, bis er endlich vom Ei'kaufe z'rückkomme isch. Er isch kaum um d'Eck geboge, habe die Bube ihren Fußball ins Aus rolle lasse. Un die Mädle habe ihre Barbie-Puppe wegg'schmisse. Sie sin ihm entgegeg'rennt. D'Sirin voraus. Mer hätt maine könne, die Kinner habe ihn ganz arg gern. S'wär schön für ihn g'wese.

Manchmol habe se ihn beim Spiele vergesse. Durch die Glasquaderfront vom Treppehaus habe se g'seh, daß er scho beinah obe war. Dann isch die ganze Bande laut schreiend durch d'Haustür die Treppe hochg'stürmt. Kurz vor sein're Wohnungstür habe se ihm noch schnell die Tasch abg'nomme un zu fünft die letschte drei Stufe hochgetrage. Ihr Geld habe se kriegt. Herremensche habe ihren Stolz. Aber de Kinner isch des egal. Bei zwai Mark sowieso.

Von polnische Kinner hätt sich de Panitzke sogar gege Bezahlung net helfe lasse. Gege seine frühere Landsleut, also gege polenstämmige Polen, hat er zeitlebens sowas wie'n herzliche Haß empfunde. „Polacken!“, hat er über e Familie im Nachbarblock g'schimpft. „Polackenpack!“ Un jede Silb isch raus'komme wie'n Spritzer Gift. Kurz bevor er ins Krankehaus komme isch – er hat kaum noch gehe könne – hat er mit sei'm Stock uff die Fahrräder an dere Hauswand ei'schlage wolle. Die ware ihm immer en Dorn im Aug. Beim Aushole isch er g'stürzt. Leut habe ihm vom Kiesbode hochg'holfe. „Polnische Wirtschaft! Polacken!“, hat er gegeifert. Hinner sei'm Rücke habe sich die Helfer an d'Stirn getippt.

Am nächschte Morge um fünf hat's bei Lachmanns gege d'Tür gebollert. De Herr Panitzke im Schlofa'zug uff'm Bode. Angscht im G'sicht. Er hat geröchelt. Schwätze hat er net könne.

De Krankewage isch von de falsche Seit komme. Er hat net vorfahre könne wege 'me Sperrpfoschte mitte uff'm Weg, den de Panitzke mol beantragt hat. Die Sanitäter habe ihn gut dreißig Meter durch de strömende Rege trage müsse. Sie habe ihn an der Tragbahr feschtg'schnallt. Wie e transportverpacktes Wachsfigürle hat de Panitzke ausg'seh. De Hausflur isch eng. Beim Verkante über Eck isch en Träger gege die Tür von Gülencs g'stoße. Verschlofene G'sichter. D'Kinner habe sich d'Auge g'riebe. „Was machen für Sachen, Opa Panützkü?", hat der Gülenc g'sagt. „Warten. Ich holen Schirm!" De Gülenc hat sich g'schwind was übergezoge. Mit'me große schwarze Familieschirm über'm Panitzke isch er nebe de Bahr her zum Krankewage mitgange. „Gesund werden, Opa! Jetzt sterben nix gut! Erde viel naß!" Er hat en Spaß mache wolle. Deutsch hat er uffg'hört zu lerne, als es für ihn g'nug war. Er hat net mehr gebraucht.

Plötzlich hat er en Brüller g'laßt. E türkisches Machtwort. D'Sirin isch aus dem Krankewage g'hopft. Barfuß im Nachthemd isch se durch de Rege ins Haus g'rennt. Sie habe de Panitzke nei'gschobe un die Türe zugeklappt.

De halbe Block war uff de Füß, notdürftig a'gezoge. Sie habe dem Auto hinnerher geguckt. „Der kommt nimme!", hat d'Frau Bönig g'murmelt. D'Mutter war mit debei. „Die Opa Panützkü", hätt de Gülenc g'sagt, „wenn böse, dann gesund. Wenn nix gesund, dann tot."

S'isch kai große Leich g'wese. So sagt mer bei uns zu Beerdigunge mit wenig Leut. Wo net viel los isch.

In de Friedhofskapell war nur die vordere rechte Bank besetzt. Ehemalige Kollege, entfernte Verwandtschaft. D'Mutter hat mir zug'flüschtert, die hätte schon alles mögliche aus de Panitzke-Wohnung g'schleppt.

Ich bin mit de alte Hausgemainschaft in de hinnere Bank g'sesse. S'war kalt. Die Orgel hat so e bißl gedudelt, beinah verspielt. S'hat nach fauligem Blumewasser g'roche. Ich waiß net, uff Friedhöf rieche Blume immer annerscht als in de Gärte. Sie stinke nach Komposcht, sogar, wenn se frisch sin. Weihrauchwolke. Panitzkes ware katholisch.

Rechts un links vom Fichtesarg hat e Delegation von de Landsmannschaft e Spalier gebildet. Sechs knorzige Heimatvertriebene. Stahlharte Achtzigjährige in zu enge schwarze A'züg. Der vorne rechts hat aus'me Lederköcher vor'm Bauch e Fahn nach schräg obe g'halte. Schwerer, goldbestickter Brokat. Er hat sich nach hinne lehne müsse. Als Gegeg'wicht. Ich hab die Schrift wege de Falte im Stoff net entziffere könne. „Für ..ott..olk..aterland", des war klar. Aber unner dem Adler? „In ..eu..est". S'wird lateinisch sei, hab ich überlegt. Dann hat de Fahneträger sei Standbein g'wechselt. „In Treue fest" hat's g'haiße.

Durch e Seitetür isch endlich de Pfarrer erschiene. Die Delegation isch in gravitätischer Haltung abgezoge un hat seitlich Stellung bezoge. D'Orgel hat zu spiele uffg'hört. S'war en Moment ganz still. Nur de Rege drauße. Mit'm Rücke zu uns hat de Pfarrer vor'm Altar gebetet. En riesiger Mensch. Dünn und hoch. Wie e schwarze Stang.

D'Frau Bönig, die pro Woch mindeschtens uff drei Beerdigunge rennt, weil se des anscheinend für ihr Lebensg'fühl braucht, hat uns zug'flüschtert: „Des isch net de Pfarrer Scherbaum, der's normal macht." De Herr Lachmann hat mit de Schulter gezuckt: „Vielleicht Vertretung." Ich hab aus'm Mundwinkel rübergebrummt: „Sch'doch wurscht. Im Krankehaus kann was schief geh. Do nimme. Also viel verkehrt mache kann der net." – „Pscht!", hat d'Mutter uns ermahnt. „Des g'hört sich net, daß mer schwätzt!"

De Pfarrer hat sich umgedreht. En junger Mann mit're kränkliche G'sichtsfarb. „Jesses, der sieht jo aus wie's Kätzle am Bauch", hat d'Frau Lachmann zu ihrem Mann g'murmelt. „Wie de Tod uff Urlaub", hat der g'nickt. Mit sei'm grobknochige G'sicht hat der Pfarrer wirklich e bißl unhaimlich ausg'seh. De Schädel – wie aus'me Hartholzblock g'schnitzt. Über de Backeknoche bräunliche Augeränder. Wie so Druckstelle bei'me Lagerapfel.

Er hat d'Ärm ausgebraitet un zum Kirchedach himmelwärts geblickt. Dann sin alle verschrocke. Durch des Spalier von de Landsmannschaft isch'n Ruck g'ange. Die Fahn hat e Sekund lang g'wackelt. Ich hab durch d'Nas lache müsse. D'Mutter hat mich mit'm Elleboge g'stumpt.

„Där Chärr schänke imm das äwwige Läbben!", hat der Pfarrer g'rufe. Unwillkürlich habe mer g'horcht un zu dem Sargkischtle geguckt. Nix. De Herr Panitzke war dehaim.

Weitere Bücher von Harald Hurst im G. Braun Buchverlag

So e Glück!
Geschichten und Gedichte.
3. Auflage, 144 Seiten, geb., ISBN 3-7650-8161-2,
DM 26,–

Daß i net lach!
Geschichten und Gedichte.
3. Auflage, 116 Seiten, geb., ISBN 3-7650-8124-8,
DM 26,–

Das Zwiebelherz.
Liebesgeschichten.
5. Auflage, 124 Seiten, br., ISBN 3-7650-8052-7,
DM 18,–

De Polizeispielkaschte.
Mundartgeschichten.
6. Auflage, 108 Seiten, geb., ISBN 3-7650-8074-8,
DM 26,–

Ich bin so frei.
Gedichte und Prosa.
3. Auflage, 80 Seiten, geb., ISBN 3-7650-8193-0,
DM 26,–

Und die CD:
Der mit de Wurscht
2. Auflage, ISBN 3-7650-8184-1,
DM 29,80